唐詩七絕故事瑣談

陸家驥■著

臺灣商務印書館 發行

目次

寫在前面

余自民國六十六年（一九七七年）開始撰寫有關「唐詩故事」以來，先後在各大知名書局，出版過十冊以上，濫竽充數，謬蒙讀者推愛，尤深感激，在正中書局出版者，雖承前香港教育司署正式推薦，為中學生課外優良讀物，國立編譯館，也曾於中學國文科教學手冊中，援引轉載，但其中若干心酸痛楚，惟有自知耳！

管窺以為，俗話說：「不怕不識貨，只怕貨比貨。」我何敢自詡其能？然而，唐代為詩之盛世，揭旨明暢，音韻鏗鏘，尤以七絕為最。因此，引發出若干的迴響，更形成璀璨光耀，奪人耳目。試舉例言之：晉大詩家陶靖節〈怨詩楚調〉詩中句云：

夏日常抱飢，寒夜無被眠，
造夕思雞鳴，及晨願烏遷。

前兩句是大實話，後兩句文綺意遠，判若不同篇幅之作。造夕思雞鳴，說成「一到晚上巴不得天快亮，聽到雞啼」。及晨願鳥遷，是指「清早沒有飲食充飢，還是盼望早點黑天，鳥兒要回巢，自家也可以入睡」。這類朝思暮想的詠句，正是陶詩輾轉迴旋特色，比較曲折，唐七絕詩中少見。但如能做為瑣談，相提並論，鑑往知來，有何不可？

又如〈木蘭辭〉但其從軍故事，通篇六十二句，全是通俗實話，在從軍的顯耀生涯，卻僅是：

萬里赴戎機，關山渡若飛，朔氣傳金柝，寒光照鐵衣，將軍百戰死，壯士十年歸。

輕描淡寫，在詩中一筆帶過，贅言不多，唐詩中少見。

從上面兩例，可見唐詩的精警、緊湊，乃是與前朝作品大有區別。現代學子們事繁，很少有此心情，做為如此的分析，這才興起我撰寫「瑣談」的意趣。正如以前一樣，做別人沒有做過，不想做的撰作。除了就唐詩七絕故事，刻意描摹外，推而及於其他韻文，不論是前朝後代，悉予搜羅。但絕不憑空捏造，免生損人又不利己之譏。

舉個例子來說吧，像杜牧的〈清明〉七絕，這首婦孺皆知，隨處可以聽到吟唱的好詩，但被韓翃的〈寒食〉所掩，甚至被譏評為說鬼話，受到選者孫洙所棄，未曾納入，不免有些偏執。孔子有言：「眾好眾惡，聖人不能違」。姑不論此詩是好是壞。但相傳至今，此詩的變體：豔陽春曲、清明詞等不絕如縷。萬人吟唱，難道有假？也因此激發我的不平之鳴，要將這一系列之作，彙集於一處，提供讀者們的比較和鑑賞。

至於有些大作，如司馬相如應漢武帝后、陳阿嬌之請，訴情求赦免其罪宏文，為時既久，諸書中所載，各有異同，仍須加以考證，始能定案。總以翔實、持平為依歸，不敢粗率逕錄，產生「災梨禍棗」之譏也。

按我國古代印刷術之發明，乃是文化傳播上之大盛事，先將有待大量流布的文辭，書於紙上，反貼在木版上，雕刻後仍以紙、墨複印成書，由於刻書所需材質，以細緻不容裂縫者為理想，其中以梨樹及棗樹的材質堅細，適宜割裂成平版，供雕製之需。是以有若干不足以傳世之作，徒然浪費梨、棗珍材，故有「災梨禍棗」太息也。

清代是唐詩出版盛世，這從九百卷《全唐詩》在康熙四十六年（一七〇七年）四月十六日，御題序文中可以窺之，皇帝下詔口諭，全力編纂唐人詩作，無虞於人、物、財力之匱乏，自然易與。得詩四萬八千九百餘首，囊括二千二百餘位詩家之作，足見當時對唐詩之重視。

其實，早在康、乾間，清人對唐詩之選評、輯議，多至十三種，如：

金人瑞：聖歎選批唐才子詩（順治十六年成書，康熙初由貫華堂刻印出版，時一六六二年）

徐　增：而庵說唐詩（康熙元年，即一六六二年）

吳昌祺：刪訂唐詩解（康熙四十年，一七〇一年）
錢良擇：唐音審體（康熙四十三年，一七〇四年）
王士禎：唐賢三昧集，續有
王士禎：唐人萬首絕句選（自宋人洪邁《唐人萬首絕句》書中，精選八百九十五首，二百六十四位詩家之作。成書於康熙四十七年，一七〇八年）
御選唐詩：康熙帝五十二年編定，一七一三年。
沈德潛：唐詩別裁（乾隆二十八年，一七六三年）
杜詔、杜庭珠：唐詩叩彈集，係明．高棅《唐詩品匯》之補編
王堯衢：唐詩合解（雍正十年，一七三二年）
徐日璉、沈士駿：唐律清麗集（乾隆二十二年，一七五七年）
顧安、何文煥：唐律消夏錄（乾隆二十七年，一七六二年）
孫洙、韓蘭英：唐詩三百首（乾隆二十七年，一七六二年）
宋宗元：罔師園唐詩箋（乾隆三十二年，一七六七年）
可見當時輯選唐詩，「蔚成一時風氣」了。
孫洙在其〈蘅塘退士原序〉有謂：
世俗兒童就學，即授千家詩，取其易於成誦，故流傳不廢，但其詩隨手掇拾，工拙

莫辨。且只五七律絕二體，而唐宋人又雜出其間，殊乖體製，因專就唐詩中，膾炙人口之作，擇其尤要者，每體得數十首，共三百餘首，錄成一編，為家塾課本，俾童而習之，白首亦莫能廢。較千家詩不遠勝耶！諺云：熟讀唐詩三百首，不會做詩也會吟。請以是編驗之。

朱自清先生的導讀《唐詩三百首》，用現代人的觀點，加以審析。對此書有深入的體認，辭簡意賅，不媿為權威讜論。先生說：

本書是斷代選本，選的只是唐詩中，膾炙人口之作。就是唐詩中的名作，而又只擇其尤要者，所以只有三百餘首，實數是三百一十首，所謂尤要者，大概著眼在陶冶性情上。至於以明白易解的為主，是家塾課本的當然，無須特別提及。書中選詩，各方面的題材，大致都有，分配又勻稱，沒有單調或瑣屑的弊病，這也是唐代生活一個小小的縮影。可是題材的內容，雖反映著時代，題材的項目，卻多是漢、魏、六朝詩裏已有。只有音樂、圖書，似乎是新的；至於詠古之作，是古人敬慕古人，紀時之作。但知識的看，古人總隔一層，這些題材的普遍性，比前一類低減些，還有朝會詩，亦可見出一番堂皇富麗的氣象。又，宮詞往往見出一番怨情，婉轉可憐，可是這些題材在現代生活裏，簡直沒有。彆扭的是邊塞和從軍之作，唐人很喜歡做這類詩，以憫苦寒，譏黷武的居多數，跟現代人冒險、尚武的精神，恰恰相反。但荒寒的邊塞，自是一種新境界，從軍之苦的描述，也是一種真情的流露，若能節取，未嘗沒有是處。要能欣賞這幾類詩，都得靠無關心的情感。此外，唐人應酬的詩很多，本書裏也可見，有人覺得應酬詩不會真切，總之，讀詩得除去偏見和成見，放大眼光，設身處地去看。

七言四句的詩，唐以前沒有，似乎是唐人的創作，這大概是為了當時流行的西域樂調而作，先有調，後有詩。五七絕都能歌唱，七絕歌唱的更多，該是因為聲調漫長，好聽些，作七絕的比五絕的多好多，本書選得也多。

唐人絕句有兩種作風：一是鋪排，一是含蓄。所謂鋪排，是平排或略參差，令幾個同性質的印象，讓他們結合起來，暗示一個境界。這是讓印象自己說明，也是經濟的組織，但得選擇那些精緻印象。含蓄則是：淺中見深，小中見大。兩者有時是一回事。含蓄的絕句，似乎是正宗。

論七絕的，稱含蓄為風調，風飄搖而有遠情。調悠揚而有遠韻。總之是餘味深長。這也配合著七絕的漫長聲調而言。五絕字少節促，便無所謂風調。風調也有變化，最顯著的是強弱的差別，就是口氣否定、肯定的差別。明清兩代論詩家，推廣唐人七絕「壓卷」之作共十一首，見於本書者八首，這些都用否定語作骨子，所以都比較明快些，都有所含蓄，可是強調，七絕原來專為歌唱而作，含蓄中略求明快，聽者才容易懂。適應需要，本當如此，弱調的發展，該是晚點兒。不見於本書的三首，一首也是強調，二首是弱調。十一首中，共有九首調強，可算是大多數。

為使讀者減少查尋之煩，本書已按指導大概所列舉的七絕壓卷之作十一首，悉予容納，包括三百首選中未列三首，伺機添為「附錄」而載記之，並各於題之左上方，加植*號，以資留意。其他仍有習見而書中未載入，或深具價值不易查閱者，如司馬相如之〈長門賦〉，亦以附錄方式插入，彼此受益，豈不更好。見於原選中之八首依序是：

(七)王　翰：涼州詞。
(九)李　白：早發白帝城（又名下江陵）。
(十九)李　益：夜上受降城聞笛。
(三十)杜　牧：泊秦淮。
(三二)王　維：渭城曲（樂府）。
(三四)王昌齡：長信怨（樂府）。
(三五)王昌齡：出塞（樂府）。
(三九)王之渙：出塞（又名涼州詞）（樂府）。

至於不見於本書中的三首：

(五二)附：鄭　谷：淮上與友人別（強調）。
(六十)附：劉禹錫：石頭城（弱調）。

㈩附：杜　常：華清宮（弱調）。

上述的列指，純係就朱自清先生的導讀書中所指，加以轉載，可以查證，但：黃永武先生，則同樣地在其《唐詩三百首導讀》書中，有著進一步的讜論，指出：孫洙在治學方面，並不是什麼考據學家，他對唐人絕句的選錄，大都是依照《萬首唐人絕句選》為標的。此書是清人王士禎，根據宋人洪邁編本，擷取出其中約九百首編成。換句話說，孫洙在唐詩三百首選，其中絕句詩約一百首，包括五絕三十三首，和七絕六十首，編選標準大都偏重在神韻方面，這自然令人有所議論了！

按，王士禎，別號「漁洋山人」，世稱其對詩學，力主「神韻說」，以空靈脫俗、清新為要義。其後沈德潛出，一反其論，認為詩以典雅、正統為依歸。李白、杜甫諸家乃是正宗，力主「雅正說」，與王分庭抗禮。僉信不可侷限於王維、孟浩然、韋應物、柳中庸的清徽古談。這一方面糾正了宋、元詩人的主理智、守清，認為神韻說膚淺浮泛。但我們卻在三百首選七絕詩中，找到神韻的影子，像李商隱、杜牧諸家之作，及類似詩篇，超過三分之一，不能不說是稍嫌過份。

為了匡救此失，有所彌縫，是以本書雖以六十篇選詩為主，仍將若干公認有價值之作，作為附錄，伺機列入，不但保持了舊規，且加入新猷，顧此兼彼，有百益而無一害，不其然耶！

民國六十九年（一九八〇年）六月，拙著唐詩故事七絕輯，得正中書局發行人黎公元譽之獎掖，得以出版問世，二個月後初版已銷售一空。尤其值得欣慰的是，此書經由正中書局香港分公司，集成圖書文具公司應市後，受到當時香港教育司署的青睞，明令指定為中學生優良課外讀物，銷售不遜於臺灣，受寵若驚之餘，使我不得不再一次精校、增訂，並於次年，即民國七十年六月，加入「再版贅言」，連續發行至五版時，發行人已有更易。不料此書之在海內外連續售出七萬冊，認有機可乘，竟然將每冊原售價新臺幣八十一元，上漲至一百五十五元。除改換彩色封面外，餘均如舊。余以為文化事業，應兼顧發揚我國固有道德文化為要義，不宜見利忘義，不守約束，請仍以原價發售，但未蒙採納，使我深感不安，不值此投機之醜行。於是決定另砌爐灶，重新編寫，以更嚴肅態度，逐篇更新，每篇以不超過二千字為原則，去蕪存菁，並容納除唐詩外，其他有關韻文之附載，至於一般人所熟悉，為三百首七絕選中之未見者，另以附錄方式，加以插入。求其實至而名歸。所以另行出版，純屬避免版權上之糾葛，對讀者有所交代，如此而已！

余年逾八十，垂垂老矣！，二十多年來，所寫的唐詩故事，數在拾冊以上，凡事小心謹慎，言必有據，可以查證，而積年累月，所蒐得之新知、趣聞及掌故，依然源源有來，使我信心大增，每日靜坐書案，全力以赴，期能實現此一憶念。自內子逝後，此志益堅，歷經三載於茲，卒以足成，意外之喜，有非言語可以形容者。猥以衰頹，頗有力不從心處，如荷指教，尤深盼禱，投桃報李，當以拙作奉酬，祇以，吾人寫作，素來謹慎，本乎「知之為知之，不知為不知，是知也」之誨訓，力行其是。讀者如有賜教，宜有所斟酌。故我在另一拙作中指出：我人之寫作，願向歷史負責，期使敘說有據，可以查證。不敢自圓其說，欺人而自欺。如荷讀者匡教，願接受考據引證，不囿於無據之奢談也。

時在癸未端陽後五日
八十二叟陸家驥謹識

1. 回鄉偶書

賀知章

少小離家老大回，鄉音無改鬢毛衰，
兒童相見不相識，笑問客從何處來。

這是八十高齡的賀老，歸返鄉里時的即興之作，看在我們這些離鄉背井，長達半世紀以上的孤夫眼裏，觸景生情，感同身受，真不知涕淚之何從也！

賀老名知章，字季真，會稽永興人，為了功名、求仕，不得不千里迢迢，越山涉水，遠到長安京師去應試，一待便是六十年，祇是當時的交通險阻，從會稽到長安，沒有捷徑可通，時而陸行，時而舟載，怕不要走上兩、三個月，才能到達。且一旦考中了進士，便要做官，豈容得你有一年半載的回鄉時刻。尤其他在開元中，已擔任到太子賓客的大位，換句話說，已成了肅宗為太子時的課讀伴侍，隨時隨地要守在太子身側，自然沒法離開，更何況是回家探親？等到太子做了皇帝，更少不了他。開元年中，張說擔任麗正殿修書使時，便曾奏請玄宗，使賀入書院同撰六典文纂。由於他的個性放曠，謙和沖淡，使得和他相處的人，沒有不喜歡他的，而正因為他為官不倨傲，故從太常少卿，遷禮部侍郎，加集賢院學士，改授工部侍郎，又升為秘書監，稱得上位居清要的頂尖人物，人多尊稱他賀監而不名。

《舊唐書》稱：天寶三年（七四四年），知章因病恍惚，乃上書請度為道士，求還鄉里，仍捨本鄉宅為觀，上許之。仍拜其子典設郎曾，為會稽郡司馬，仍令侍養，御制詩以贈行，皇太子以下，咸就執別，至鄉無幾壽終，年八十六。

肅宗以侍讀之舊，乾元元年（七五八年）十一月詔曰：「故越州千秋觀道士賀知章，器識夷淡，襟懷和雅，神清志逸，學富才雄，挺會稽之美箭，蘊崑崗之良玉。故飛名仙者，侍講龍樓，常靜默以養閒，因詼諧而諷諫，以暮齒辭祿，再見款誠。願追二老之蹤，克遂四明之客，允協初志，脫落朝衣，駕青牛而不還，狎白衣而長往。丹壑非昔，人琴兩亡，惟舊之懷，有深追悼，宜加縟禮，式展哀榮，可贈禮部尚書。」

至於賀的還鄉，玄宗曾御製「送賀知章」詩並序，云：

天寶三年，太子賓客賀知章鑒止足之分，抗歸老之疏。解組辭榮，志期入道。朕以其年在遲暮，用循掛冠之事，俾遂赤松之遊。正月五日將歸會稽，遂餞東路，乃命六卿庶尹大夫，供帳青門，寵行邁也！豈惟崇德尚齒，抑亦勵俗勸人，無令二疏獨光漢冊，乃賦詩贈行，云：

遺榮期入道，辭老競抽簪，豈不惜賢達，其如高尚心。
寰中得秘要，方外散幽襟，獨有青門宴，群英悵別深。

這天早上在京師東門外，供張設宴送行，玄宗命太子領先，朝中文武大臣，詔命一律參與送別行列。玄宗且親書「千秋觀」匾額以賜。為了就近照料，玄宗詔命其子賀曾，為會稽郡司馬，可以日夕請安，同時將境內鑑湖中剡川的一部分劃了出來，改名「鏡湖」，正好依傍在千秋觀側，一併詔賜，如此一來，有觀有湖，相得而益彰。

餞行當時多有賦詩相贈，以壯行色者，賀老除殷殷話別，周旋於送行左右，同時也賦〈曉發〉一首，作為答謝的回敬。詩曰：「故鄉杳無際，江皋聞曙鐘。始見沙上鳥，猶埋雲外峰。」一派清空道家口吻，看破世情，淡然自處。讀來尤覺令人感傷。

直到現在，浙江寧波城內，南門近側的日月兩湖，日湖稍小而圓，月湖較大狹長，彷彿明字縮影，由河堤分隔而成形，堤上且建有小橋，以利兩湖間，湖水之流通，日湖之濱，建有「賀少監祠」，相傳正是唐時鏡湖及千秋觀的遺址。太上皇唐玄宗的送行御詩並序，以及眾家公卿，餞行賀監時的贈詩，均見於祠中勒石。如何能流傳迄今，或是後人所作的刻意安排，就不得而知了！

回溯我自民國三十七年之年殘歲底，率霞美妹避亂離家至如皋而常熟而春申，翌年底至舟山群島之岱山，一年半後來臺灣，瞬已五十六寒暑。八十五年始有返鄉之行，舉目所及，一切茫然。先嚴於五十六年一月一日辭世，先慈則在六十七年六月二日棄養。堂弟及弟婦，已是兒女成行，並有姪孫及姪孫女等三人，均與愚夫婦高低相若，除堂弟外，多為初見，相對唏噓，默然而已！連「笑問」亦屬奢言，痛何如之！

稗史載：「賀監回鄉後居於千秋觀刻意苦修，聞有賣藥王老，修煉有素，經友人推薦，賀監欣然前去求教沖舉之道，隨手帶去一顆大明珠相贈，算是禮數周到了。這時，忽見有位賣大餅的從門前走過，王老叫住賣大餅的，將手中大明珠，拿去換來一張大餅，看在賀監眼裏，不免顯露出可惜的神采，認為大明珠是寶物，一百張大餅也換不來，如今恰換來一張餅，心中老大的不自在。看得王老心中發毛，依然喚回賣餅的，用銅錢換回大明珠，仍舊遞還給賀監，對他說：您老慳吝心未除，依然是富貴中人，修道無緣，不必多費心了。從此再也沒聽到賀監修煉後續消息！」

這是一則教訓，慳吝心不可有，誰都是一樣。又何況是想修道者？

2. 桃花谿

張旭

隱隱飛橋隔野煙，石磯西畔問漁船；
桃花盡日隨流水，洞在清谿何處邊。

本篇純屬替晉代陶淵明〈桃花源記〉大唱反調而詠，作者張旭，蘇州人，嗜酒工草書，每在醉酒後，呼號狂走，然後落墨，筆走龍蛇，氣勢渾雄，世號「張顛」，官常熟縣尉，官既不顯，亦無詩名。但其草書和李白歌行詩篇及裴旻的劍舞，皆一時之最，號為三絕，享名於世。

張旭並非不知陶氏的桃花源記，乃是意有所激的發洩，根本是虛構，以此來抬槓，竊以為多此一舉，於情於理，抹煞此記中淵明本旨，增加讀者迷惘，尤其不該。

《宋書》中指出：陶潛（淵明）自以曾祖（陶侃）為晉世宰輔，恥復屈身後代，自宋高祖（劉裕）王業漸隆，不復肯仕，所著文章，皆題其年月，義熙（晉安帝）以前則

書晉代年號。自永初（南朝宋高祖年號）以來，唯云甲子而已！意者恥事二姓，故以異之。（括弧中字為作者添註）

這也便是桃花源記並序中所指：「乃不知有漢，無論魏、晉。」有意排斥南朝宋代立國之暗示。

值得一提的是，陶淵明生長在變亂紛乘的時際。八王之亂後，又是五胡亂華。東晉偏安。王、謝氏族的鼎盛，光芒漸失。王羲之逝世時，淵明已是十五歲。著名的淝水之戰，淵明已有十九歲。廿一歲時謝安去世，從此政局紛擾。雖有謝靈運、謝惠連、顏延之、鮑照等諸大名家，與淵明同時，在文壇上大耀光輝，然桓玄的權勢逐漸沒落，大權早已旁落入劉裕之手，晉安帝、恭帝，先後為裕所弒，自立為帝，國號宋，稱高祖武帝。此時淵明已是五十六歲。其年九月，溘然長逝於潯陽縣之柴桑里。

按，晉書及宋書隱逸傳中，俱指陶以宋元嘉中卒，時年六十三。然據梁啟超《陶淵明年譜》書中列敘，其逝在宋元嘉四年（四二七年），得年五十六歲。故《中國文學家大辭典》一七一頁，依梁作年譜，翔實可據，捨晉書及宋書，含混之敘之著錄，恐滋誤會，添註如上。（請參閱新人人文庫第一一一號陶淵明）

一段十分精譬的議論為：

長安收復時，陶淵明五十三歲，長安再陷時，陶淵明五十四歲。五十三歲時，有贈羊長史詩，羊長史即羊松齡。由於羊松齡的入秦，陶淵明可能得到一些關中類似桃花源的見聞，戴延之隨劉裕入關，著《西征記》就有這樣的一些記事。大概北方人民，在西晉末年不能遠徙，為了逃避異族的壓迫，就找一些平曠而與外隔絕的地方避難，這也就是桃花源記中，所謂避秦時亂的現實基礎。因為晉時，流傳劉驎之入衡山採藥，失路故事。劉驎之即桃花源記中的劉子驥，陶淵明大概把關中見聞和故事，作為了桃花源記創作的張本，所以其創作時代，大概也在這一、二年中。

顯然地，梁氏所說，頗有「斷章取義」之嫌，遠不及陳氏之說，有源有本，但梁氏指這篇記可以說是唐以前第一篇小說，在文學史上算是極有價值的創作，這一點也不錯。由之，如果要用考據的手法和引證，指出桃花源的所在，未免是多事了！

拙著《古文閒話》中，也曾談起〈桃花源記〉，僉信此記之作，乃是經過較長時間的醞釀而成，非一朝一夕的即興成品。

繼干寶的《搜神記》筆記小說後，復見陶淵明氏的《搜神後記》，無非是一些匪夷所思的荒誕不經瑣談。後記中有這麼一段：「南陽劉驎之，字子驥，好遊山水，嘗採藥，至衡，出深入忘返，見有澗水，水南有二石回，一閉一開，水深廣，不得渡。欲還，失道，還伐薪人問徑，僅得還家。或說中皆仙方靈藥及諸雜物。驎之欲更尋索，不復知處。」

這豈不是其後桃花源記寫作的前奏？

可是偏有人繪聲繪影，指桃花源實有其地，址在今湖南省桃源縣，距縣城西廿餘里，在桃源山下，發現洞口的漁夫姓黃名道真，當時是劉歆任太守，越說越確實，不由你不信。目前在桃源山下，確有一洞口有石碑堵住，石上並刻有「古桃花潭」字樣。其實，所謂桃源山、桃源縣云云，實緣於陶作後，附會而得名，今則反果為因，無非是為地方留一勝蹟，如此而已！桃花源記所寫的，乃是一個理想的農業社會集體樂園，沒有政治上的約束，也缺少詩書曆志，形成了：「有良田美池，桑竹之屬。阡陌交通，雞犬相聞。其中往來種作，男女衣著，悉如外人，黃髮垂髫，並怡然自樂。」的大同世界。想法天真，哪兒去找？

因此，我們不妨假定，陶的桃花源記之作，是經過聽到不斷的傳聞、構思和歷練，所產生出來的綜合縷敘和理想，允非如梁、陳所指，是某一特定時日的創作。

陶所寫的桃花源，乃是一首古詩，詩前有「並記」說明寫作的旨趣，原詩：

晉太元中，武陵人，捕魚為業，緣溪行，忘路之遠近，忽逢桃花林，夾岸數百步，中無雜樹，芳草鮮美，落英繽紛，漁人甚異之。復前行，欲窮其林，林盡水源，便得一山，山有小口，髣髴若有光，便捨船從口入，初極狹，纔通人，復行數十步，豁然開朗，土地平曠，屋舍儼然，有良田美池，桑竹之屬，阡陌交通，雞犬相聞，其中往來種作，男女衣著，悉如外人，黃髮垂髫，並怡然自樂。見漁人乃大驚，問所從來，具答之。便要還家，設酒殺雞作食，村中聞有此人，咸家問訊，自云先世避秦時亂，率妻子邑人來此絕境，不復出焉，遂與外人間隔，問今是何世，乃不知有漢，無論魏晉。此人一一為具言，所聞皆歎惋，餘人各復延至其家，皆出酒食。停數日辭去，此中人語云，不足為外人道也！既出得其船，便扶向路，處處誌之。及郡下，詣太守說如此。太守即遣人隨其往，遂迷不復得路，南陽劉子驥，高尚士也，聞之，欣然見往，未果，尋病終。後遂無問津者。

嬴氏亂天紀，賢者避其世。黃綺之商山，伊人亦云逝。
往跡浸復湮，來徑遂蕪廢。相命肆農耕，日入從所憩。
桑竹垂餘蔭，菽稷隨時藝。春蠶收長絲，秋熟靡王稅。
荒路曖交通，雞犬互鳴吠。俎豆猶古法，衣裳無新製。
童孺縱行歌，斑白歡游詣。草榮識節和，木衰知風厲。

雖無紀曆誌，四時自成歲。怡然有餘樂，於何勞智慧。
奇蹤隱五百，一朝敞神界。淳薄既異源，旋復還幽蔽。
借問遊方士，焉測塵囂外。願言躡輕風，高舉尋吾契。

此原係陶淵明氏，為塑造出安樂逸靜的農村生涯，寫成的一首五古。然而清際《古文觀止》選者，顛倒黑白，喧賓奪主，捨詩而就記。乾脆把桃花源詩前並記，獨立成文名為〈桃花源記〉，此記簡潔扼要，明白易曉，形成俗說「青出於藍而甚於藍」的奇蹟。此後約定俗成，桃花源詩詠，幾乎為並記所掩蓋，甚至，今之讀者僅知有記，忽略其詩前的小引了！

本篇張旭之作，和王維的七古〈桃源行〉，有相同意境，王之七古，同時選載在三百首唐詩之七言古詩中，詩之末句：「春來遍是桃花水，不辨仙源何處尋。」乃王維十九歲時所寫。平心而論，似較張之本篇，立論更為持平。其實，描寫桃花的韻事，要以崔護所作的〈人面桃花〉，更普遍受人歡迎，不悉孫洙先生，何以忽略？崔詩是：

去年今日此門中，　人面桃花相映紅；
人面不知何處去，　桃花依舊笑春風。

孟棨《本事詩》稱：某年清明節，崔護到城南閒逛（按在我國民俗，每屆清明節日，有外出郊外踏青之舉）。忽然感到口渴，便信步走到一座莊院之家，敲門想討杯水喝。當時適正桃花盛開，崔護在莊院門前，佇立不久，始由一位妙齡女郎前來應門，查詢之下，女郎返身走到客座，取出一杯茶來奉客，待崔喝完，這才將杯子收回，閉門入內。崔護既驚艷難忘，明年清明節，照例出來踏青至原莊院所在，院門已緊閉，而桃花盛開如昔，崔護於太息之餘，遂在莊院門上題句，即上述所載之〈人面桃花〉七絕，頹然返回城裏。一週後，猶繫念不忘去年求飲，及今歲題詩往事，甫走近院門，張望題詩之存否，見有一位長者，前來問訊，指此題句是否君子所作，崔拱手答是，長者續說，清明日老夫婦帶小女外出掃墓，致不在莊中。小女見詩後大為懊悔，坐失相見機會，不眠不食，已是奄奄一息，深感傷痛無已！崔聽完長者所說，未曾徵求同意，牽著長者走向內堂，驀見躺在病榻上的女郎，憔悴可憐，奔向前去抱頭大哭，女郎稍仰首，見來者竟然是去年求飲青年，如此動情，精神為之大振，病容消去不少。長者在稍定後，知是位待試的文士，身世不差，面允中式後，將女兒許配，成就彼此心願。崔也沒有讓他們父女失望，得中貞元十二年進士，官至終南節度使。按崔字殷功，博陵人，秀眉長目，美皙如玉，是位十足的美男子，祇以個性孤僻木訥，此段出人意外美滿姻緣組合，寧非天命！

3. 九月九日憶山東兄弟

王維

獨在異鄉為異客，每逢佳節倍思親；
遙知兄弟登高處，遍插茱萸少一人。

首先讓我感到意外的是，本篇中次句「每逢佳節倍思親」，往往成為中學生作文時，懷念雙親的慣用詞，其實，詩中「親」字是泛指一切親人，豈可侷限在父母親的層次。這從詩中第三句「遙知兄弟登高處」的兄弟兩字，可以得到正確解答。而他寫本篇的當時，父親雖已辭世，母親仍在堂，十七歲時進京趕考，求取功名，期以兄代父責，勉兄弟們能相親相愛，和睦共處，這才是本篇寫作的背景。傳稱：他有兄弟五人，王維為老大，老二王縉、老三王繟、老四王紘及老五王紞，都能有所成就，名垂青史，維有期勉、督教之力焉。

先談王縉。《唐書》載：縉字夏卿，河中人，與兄維早以文翰著名，縉連應草澤及文辭清麗舉，累授侍御史。武部員外。祿山之亂，選為太原少尹，與李光弼同守太原，功效謀略，眾所推先，加憲部侍郎兼本官，時兄維陷賊，受偽署，賊平，維付吏議，縉請以己官贖維罪，御允特為減等。

縉尋入拜國子祭酒，改鳳翔尹，秦隴州防禦使，歷工部侍郎，左散騎常侍，改兵部侍郎。廣德二年拜黃門侍郎，同平章事。大曆五年四月復回朝授門下侍郎中書門下平章事，但因貪圖過分榮貴，不惜與弟妹輩結交女尼，與首輔元載妻，朋比為奸，招財納賂，事敗當死，帝憐其前功，貶至分司東都卒。

王縉的遺羞後世，乃在王維逝後。時人指出：如王維能多活十年，王縉就不敢在元載為宰官之際，與其夫婦倆勾結宦官、女尼，朋比為奸，而致身敗名裂了！

王維死於肅宗上元二年七月，不一年肅宗亦逝。代宗繼位，元載弄權，王縉隨附，乃至萬劫不復，傷已！早在王維臨終之際，以縉在鳳翔，心生繫念，欲索筆作別縉書，停筆而化，連書也未曾能作，倒是稍前，有〈別弟縉後登青龍寺望藍田山〉詩云：

陌上新別離，蒼茫四郊晦。登高不見君，故山復雲外。
遠樹蔽行人，長天隱秋塞。心悲宦遊子，何處飛征蓋。

除大弟王縉外，王繟做過江陵少尹，王紘和王紞，也都做過太常少卿，么弟王紞，能書善畫，兼具兩兄才華，尤其為維所愛，有一首〈寶瑟〉詩云：

小弟更孩幼，歸來不相識，同居雖漸慣，見人猶未覓。宛作越人語，殊甘水鄉食。別此最為難，淚盡有餘憶。

對小弟之愛憐，溢於紙際。至於其他諸弟，如〈林園寄舍弟紞〉等五古，因佔篇幅太多，就不再縷敘了！現在回到本篇中內涵。

《續齊諧記》稱：桓景，汝南人，隨費長房學道已久，一日長房忽然對他說，九月初九日你家中合當有難，必須即刻回返，要家中人每人縫一小布袋，袋裏放些茱萸草，繫袋在腰上，到山上去躲藏一天，飲些菊花酒用來驅邪。桓景依了師父的話照做了，並未覺得有什麼異樣。可是等到次日返家，才發現家中被留下來的活牲口，都已死光光。而《素問》三部九候論指稱：天地之至數，始於一，終於九。《易》陽爻稱九，為此，九月初九日便是重陽。重陽節的登高、飲菊花酒、佩茱萸袋等，趨吉避凶之世俗，便始於此。

再說，登高所須佩用的袋中，盛有茱萸，乃是一種馨香料，中藥行中有售，又名越椒，具驅蟲解毒功能。品類不齊，有吳茱萸、食茱萸及山茱萸三種：

吳茱萸產於江蘇無錫一帶的古東吳地帶，此種植物的葉脈和葉柄上，皆有密生的軟毛，夏天開淡綠黃色小花，秋時結紫紅色小果實，研末後有香味，乃是芸香料之上品。

食茱萸莖上有刺，具更多對複葉，開淡綠色花，果實成熟後自行裂開，香味更具辛辣味，可替代辣椒食用，亦屬芸香科。

山茱萸生長於山林中，開化成黃色，數朵花簇總生成苞，結實為長橢圓形，色紅，味甘酸，無馨香味，不在芸香科之屬。

詩中所指「遍插茱萸少一人」云云，分明是每一兄弟，屆時在腰際都插放一盛有茱萸的布袋。並且扦插茱萸枝幹以求存活、滋長之意，不可誤會。

至於題中之憶山東兄弟云云，或有題為憶東山兄弟者。按，唐時山東係指函谷關、崤山以東地域，甚且係指華山以東，並非今之山東省，地域廣得多，為避免誤解，是以有些選本中，寫成東山。蘅塘退士譽本篇：孝友之思，藹然言外。一點不假。

4. 芙蓉樓送辛漸

王昌齡

寒雨連江夜入吳，平明送客楚山孤；
洛陽親友如相問，一片冰心在玉壺。

唐開元初，宰相姚崇有〈冰壺賦〉，以勗勉部屬，賦前有序云：冰壺者，清潔之至也。君子對之不忘於清。夫洞澈無瑕，澄空見底，當官明白者有類是乎？是故內懷冰清外涵玉潤，此君子冰壺之德也。

賦篇幅太長，非本篇可以容納，似也無此必要。賦末且有「銘」，作為賦的提示重心。最後的概括則是：

嗟爾在位祿厚官尊，固當聳廉勤之節塞貪競之門。冰壺是對，炯戒猶存，以此清白，遺其子孫。

從上述所指，可見〈冰壺賦〉實在就是當時規戒貪瀆官箴。

其後姚崇薦宋璟自代，蕭規曹隨，京兆府試，試題〈賦得清如玉冰壺〉，王維便在此科高中榜首，年僅十九。賦云：

玉壺何用好，偏許素冰居。未共銷丹日，還同照綺疏。
抱明中不隱，含淨外疑虛。氣似庭霜積，光言砌月餘。
曉凌飛鵲鏡，宵映聚螢書，若向夫君比，清心尚不如。

在此一同時，李白也曾湊熱鬧的作有〈贈清漳明府姪聿〉五古一首，勉其姪兒李聿，要守官箴。詩有四十句，無法附載，其中無非要他知冰壺之炯戒。警句有：

白玉壺冰水，壺中見底清。清光洞毫髮，皎潔照群情。

可見本篇末句的「一片冰心在玉壺」之意有所激了！

按王昌齡字少伯，京兆人，開元十五年進士，補秘書郎，二十二年中宏詞科，調汜水尉，遷江寧丞，晚節不護細行，貶龍標尉，疑本篇即王受貶途次，偶遇辛漸任官去洛陽，南來北往，贈詩以壯辛之行色，兼訴自家衷曲賦此。

元和郡縣志稱：晉時王恭為江南道潤州刺史，改城西南樓名萬歲樓，西北樓名芙蓉樓，潤州即今鎮江，與揚州隔長江相望，登城樓遠眺，極目千里，芙蓉樓便成了遷客騷人流連之所，傍楚山依長江，風景秀麗。尤能引發感懷。

稗史指出，昌齡情感豐富，一旦發為議論，往往無所顧忌，言者無心，卻使為政者受譏謗，王之不護細行繫此，實多言賈禍成之。故本篇詩中「一片冰心在玉壺」，乃指其為官，謹守冰壺之戒，實非貪瀆而受貶也。

《唐詩集解》唐汝詢以為此詩指：倘親友問我行藏，當言心如冰冷，日就清虛，不復為宦情所牽矣！竊以為欠妥。反而是：

《唐詩三百首評析》：指本篇是送別之時的殷勤致意，其在表白自己近來操守，第四句卻出人意外，不說思念之情，不說客居之感，偏說自己光明磊落，清廉自守，如片冰之在玉壺，可以告慰親友。

《唐詩別裁》於末句選註；言己牽於宦情。

論詩家所指，本篇末句是援用鮑照〈白頭吟〉：「直如朱絲繩，清如玉壺冰。」自作表態，遂為出人意外，未免武斷。管窺以為：末句才是本篇重心所寄，旨在表白自己坐貶龍標尉，並非為官貪瀆之由，卻也不承認自己的多言賈禍。因為，正由於他的多言，自認貼切，這才顧左右而言他。由於他返回鄉里後譏評刺史閭丘曉，遭到忌嫉被殺害，史書有載，可見他是如何不謹言行致受貶及被殺，傷矣！

民國初年的軍閥佔地為王，自立山寨，和晉國的八王之亂，頗有異曲同工之處。張作霖盤據在山海關外的奉天一帶，聲勢壯闊，時稱「奉軍」，頗有擴張領域，入侵關內的企圖。當時據守於直隸一帶的，是孫傳芳、吳佩孚的勢力範圍，孫、吳兩軍合作無間，時稱「直軍」。奉軍興師入關，由於地形不熟，受到直軍掣肘，個別擊破，使奉軍無法連成一氣，只好仍回關外。此即史稱第一次直奉之戰。奉軍於痛定思痛之餘，勵精圖治，休養生息，不久又捲土重來，掀起第二次直奉之戰，直軍吳佩孚，胸有成竹，以逸待勞，意在必勝。豈料奉軍在進兵之際，已先以重利收買直軍中的主力，馮玉祥的部隊倒戈，戰事爆發，馮軍向吳佩孚的直軍反擊，使吳軍前有張作霖，後有馮玉祥，兩軍夾擊，事出倉卒，意料不及。直軍軍心瓦解，吳佩孚倉皇中從洛陽僅帶領百餘親兵，由水路直奔湖南，受到當時總督譚延闓的保護，略作喘息，隨即派船護送吳入蜀，依附楊森以終。好事者，利用本詩，顛倒詩句次序，乃成另一詩篇云：

一片冰心在玉壺，　平明送客楚山孤；
洛陽親友如相問，　寒雨連江夜入吳。

首句指吳落荒而逃，心灰意懶，形成玉碎。次句說明譚仗義派兵護送吳入蜀投奔楊森。末句說明吳佩孚逃至湖南時的狼狽。就本篇原作，一字未改，僅將一、四兩句的位置互易而成，彷彿為吳而詠此，巧不可階，足博一粲。

5. 閨怨

閨中少婦不知愁，春日凝粧上翠樓；
忽見陌頭楊柳色，悔教夫壻覓封侯。

王昌齡

《三百首選》指本篇之妙，偏先著「不知愁」三字，反面說來，受到時人激賞。

唐代的年輕小夥子，對於「封侯晉爵」的期盼，無不寄望於征戰中能獲得殊勳。在「開疆拓土」和「邊塞防禦」浩繁的兵源補給上，正是此一期盼的泉源。

唐代的兵役制度採府兵制，各節度使下轄有常備兵，受徵召者從二十一歲成年開始，到六十歲才可以退返鄉園，一生中最美好的時際，都耗在兵營中度過，武則天當政時，將起徵從二十一歲，提升到二十五歲，退返則提早到五十歲，稍加改善而已。卻仍使年輕婦女遭受到的孤居生活，無法估算。人數眾多，於是，閨怨、閨愁的詩篇，應時即景而出，如恒河沙數，就不足為怪了！

《唐詩選評釋》謂：十七八之好女郎，初嫁作離，猶不知春愁為何物，憨憨然，嬉嬉然，凝粧而上樓，除望夫婿榮顯之外，如無他事者。忽然見陌頭之柳色，此柳即折以贈別者，青青尚新，人則不見。功名之望猶遙，離索之情頓起，情動悔生，悔來愁生。於是景之憨憨然嬉嬉然者，忽化為淚眼啼眉，慵粧蓬髮之怨婦，寧不甚可憐乎！「不知愁」三字，以反筆提起，以少年之極癡情態，悲切知愁，感動加人一倍，是落想超妙也。

《唐詩集解》唐汝詢曰：傷離者，莫甚於從軍，故唐人閨怨，大抵皆征婦之詞也；知愁，則不復凝粧矣。凝粧上樓，明其不知愁也。然一見柳色，而生悔心，功名之望遙，離索之情亟也，蟲鳴思覯，南國之正音，萱草痗心，東遷之變調，閨中之作，近體之二南歟！

集解並附錄，張籍〈憶遠〉詩云：

行人猶未有歸期，　萬里初程日暮時；
惟愛門前雙柳樹，　枝枝葉葉不相離。

一時之詩家，無不具有同此慨歎也。

胡雲翼《唐詩研究》，因之發為議論說：

在唐詩初期，有貞觀開元之治，社會局面安定，詩詠正是太平文學，並無足觀。其後的軍事變遷，極其活躍，戰爭支配時代，描寫邊塞、風調悲壯的七絕，和春怨、閨情、宮怨的佳作迭見，時勢所趨，毋怪其然。茲略舉其大事，順次列載於次：

玄宗時：安祿山、史思明之叛。

肅宗時：安、史及史朝義之亂。

代宗時：吐蕃、回紇之寇。

德宗時：李希烈、朱滔、王武俊、朱泚之叛，其後復見李希烈內部之變。吳少誠之亂。

李晟破吐蕃、韋皋破吐蕃之戰。

憲宗時：劉闢、李錡、王承宗、吳元濟之亂、陳弘志弒憲宗之變。

武宗時：盧龍軍之亂。

武宗時：劉沔破迴鶻之戰。

懿宗時：浙東盜匪之亂。

高駢南征之戰。

僖宗時：王仙芝之亂，繼則黃巢附叛之亂。

東、西兩京之時失時得。

秦宗權僭號為帝，僖宗奔鳳翔。

昭宗時：李克用、李茂貞及朱全忠之變。

　朱全忠弒昭宗。

朱全忠弒帝，自立為帝，改國號為「梁」，是為五代之後梁武帝，唐亡。

如果，我們再回溯到唐立國之初，四十年間之四出征討攻伐：平突厥和薛延陀、降吐蕃、服吐谷渾、黨項、高昌、焉耆、龜茲、吐火羅、唐武九姓、波斯等國，招徠：新羅、日本；繫滅：百濟、高麗；又征天竺、交通大食。囊括了全部亞洲大陸。自夏、商、周三代，乃至大漢王朝，均無可比擬，疆域之廣，於斯為大，其武力之運用，兵丁之調佈，龐大浩繁，換言之，閨怨之無時或已，固不待言矣，為之憮然。

鍾記室謂：四時風光：春之花鳥、秋之月明蟬菊、夏之雷雨雲暑、冬之冰雪凍寒，都是引起感懷題材，有欣喜歡樂環境，詩中自然出現祥瑞，一旦孤寞酸楚，詩中一定產生感染，幽怨橫生。此乃詩能表達人之意願的最好說明。

其實，管窺以為：「境隨意遷」，例如說冬天冰雪淒寒，但又何嘗不是歌詠「冰清雪潔」的美譽呢？

6. 春宮曲

王昌齡

昨夜風開露井桃，未央前殿月輪高；
平陽歌舞新承寵，簾外春寒賜錦袍。

本篇原刻本題名〈春宮怨〉，但今日流通選本，寫成春宮曲，易「怨」為「曲」，不悉其故。

「平陽歌舞」本西漢景帝的長女封平陽公主時，所編的舞。景帝的長公主，即平陽公主，深通音律，酷愛歌舞，府中有自設之歌舞群，公主親自督練，成為當時冠絕一時的平陽歌舞。她的親哥哥漢武帝，偶然高興，便前去欣賞，公主聽說皇帝哥哥御駕親臨，刻意將最好的歌舞群，在御前獻藝，由衛子夫領班演出。武帝既欣賞歌舞的美妙，尤其看到帶頭的衛子夫，不但指揮調度適宜，舞姿妙曼，美如天仙，至為激賞，公主看了便命子夫為武帝侍者，隨身侍候，在武帝更衣時得幸。進宮後立為夫人，看在陳皇后阿嬌眼裏，嫉忌之心，不由大發，與武帝有所衝撞。武帝一不做，二不休，乾脆將皇后廢去，幽居到長門宮，改立衛子夫為后，是為衛后，而她的弟弟衛青，也由之成為大將軍。

《漢書・外戚傳》稱：孝武衛皇后：字子夫，為平陽主謳者，武帝過平陽既飲，謳者進，帝獨悅子夫，賜平陽主金千斤。

與前述稗史所稱有異，但子夫既指是謳者，自然亦在「平陽歌舞」之列，是否由其領導，語焉不詳，相互參證，當以前說為正，漢書是正史，稍加隱諱亦宜。

《古樂府》有句：桃生靈井上，李樹生桃傍。本篇首句中之「露井桃」，援用樂句，以示典雅。

古來居家飲用的水，除近山人家，汲引山泉水外，悉飲用井水，以其潔淨，且易於獲得，有錢人家，自行鑿井備用，無力鑿井人家，多集體聚居近之露天廣場，鑿井提供飲水之需，藉以造福鄉里，共謀飲水，盥洗用水之來源，此項「露井」之設，為生活所必需，有居家處，即見有井，十分普遍，猶今日之都市中人家，接用自來水也。

由於植物生長，必須仰賴水份和養料，養料往往能從土壤中吸收。水份亦是，但每當天乾物燥，水份短缺時，植物無法吸收到水份，便會枯萎。是以在「露井」旁的桃、李等樹，均因有水之濟，得以果實纍纍，花時香氣四溢。換句話說，有井的地方，往往就有桃、李樹的出現，也證實了桃、李樹在井旁，容易生長的理由。

論家指出，此為譏刺楊貴妃而作，當時之楊氏，呵吒風雲，其實也不免似井邊桃花，迎風即開而已！暗示貴妃原為玄宗兒媳、壽王妃，不顧人倫、羞恥，甘於牽動其一家，楊國忠為宰相，姊妹諸人，各封韓國夫人、虢國夫人及秦國夫人、聲氣相通，終日陪伴玄宗，宣淫逸樂。與漢武帝立衛子夫為皇后，由謳者一躍而為夫人、皇后，同樣不值一文。

唐代的文禁較寬，暗切當時時事，縱然可以明白察覺，亦無傷大雅，不致產生「文禍」，如白居易「長恨歌」，明指楊貴妃行徑、作為，但在首句用：「漢皇重色思傾國」，顧左右而言他，絲毫沒受影響。本篇同此機杼，有衛子夫的出身微賤，和在未央宮中的恣狂，暗喻楊玉環，談漢時人，說漢宮事，有以射影，稱得上是慧心獨具。

然而在若干唐人七絕選本中，對本篇卻未能重視，顯見「遺珠」之憾。僉信此是敘春宮中，未承寵幸的宮嬪，多如過江之鯽，有所抱怨，正人情之所常。偏又有指為諷楊玉環之作，主題不明，況此又非王之得意之作，反而是蘅塘退士，力排眾議，選入本篇，人各有志，不可相強。

值得附帶一提的是，唐代也有位「平陽公主」，其聲名反而在漢・平陽公主之上，按，唐高祖李淵，乃是開國明君，生有二十二位王子，十九位公主。其第三女為平陽公主，賜嫁駙馬柴紹，高祖起兵，柴府毀家紓難，招南山亡命之徒，首尾呼應，得以收降名賊何潘仁，獲降兵七萬餘，聲威因之大震，勒兵關中。高祖得此大力臂助，遠近來歸者，不計其數。平陽公主尋渡河，與乃弟秦王世民會師，南征北討，抵定中原。

當時，平陽公主與駙馬柴紹，各自統兵，對置幕府，分兵而進，公主且揀選出，能征慣戰之女子，組成兵伍，號為娘子軍，為公主之親軍，得駙馬與秦王之為左右翼，娘子軍所戰皆捷，蔚成一時風紀，平陽公主威名遠播，成為初唐時之新聞，惟此平陽公主，有娘子軍能相提並論，與漢之平陽公主，得「平陽歌舞」美譽，各有千秋。各具旨趣，不可混為一談。

7. 涼州詞

王翰

葡萄美酒夜光杯，欲飲琵琶馬上催；
醉臥沙場君莫笑，古來征戰幾人回。

首先，管窺對本篇首句，頗有適應今日時代新逍，無殊於軍事學校招生手法，默念縈思，不禁啞然失笑。招攬夥伴協同作業，指說：你想飲用，高級夜光的寶石杯，來斟上的葡萄美酒嗎？請到這兒來，參加我們「出塞」，征伐匈奴的行列，就可如願以償，此處可以由你淺嚐，在塞外也不要猛飲猛喝，吃醉了擔心送掉小命！說著說著，受到簇擁，隨著步伍便出發了！這是我的歪理，認不得真。

明清兩代論詩家，指此為唐人七絕壓卷十一首的其中一首，足見精警，祇是另一首壓卷，王之渙的出塞，也有指名涼州詞，如此這般，本篇又被題名出塞，似乎不過分。

談到「夜光杯」，非漢代所產製，乃是隴西一帶利用當地礦山寶石，琢磨而成，礦石中含放射性物質，故能在夜間自行發光，一直被視為奇寶，幾乎是價值連城。是以在《十洲記》載：周穆王時，西域獻夜光常滿杯，杯是白玉之精，光明夜照，夕出於庭，天比明，而水汁已滿。

《史記・大宛列傳》云：大宛在匈奴西南，在漢正西，相去萬里，其俗土著耕田，植葡萄，以為釀酒，富人藏酒至萬餘石，久者數十歲不敗。漢使取其果實返國繁殖，栽葡萄於肥饒之地，收其果釀酒，酒液紫紅呈琥珀色，味醇香濃，不媿為招待貴賓勝品。

《樂苑》曰：涼州宮詞曲，開元中，西涼府都督郭知運所進，在樂府中，屬近代曲辭，按陸侃如，樂府古辭考：以為涼州詞實為橫吹曲，其始亦謂之鼓吹，馬上奏之，蓋軍中之樂也。北狄諸國皆馬上作樂，故自漢以來，北狄樂總歸鼓吹署，其後分為二部，有簫、笳者為鼓吹，有鼓角者為橫吹，用之軍中，馬上所奏者也。本篇次句：欲飲琵琶馬上催，即指軍樂中之琵琶聲響，即將出發也。

《秇圃擷餘》談到，于鱗選唐人七言絕句，取王龍標：秦時明月漢時關為第一，但大家多不服于的選評，因為這首詩，除秦時明月四字外，別無可取，如果認真欣賞唐七絕詩，還是王翰的：葡萄美酒；和王之渙的：黃河遠上，更能服眾。

《藝苑卮言》以為：葡萄美酒一絕，便是白璧無瑕，足以奠定盛唐時期，七絕地位之不凡。

《三百首詩選》蘅塘退士尤其欣賞：醉臥沙場君莫笑，古來征戰幾人回。兩句能作曠達語，倍覺悲痛。倒也沒有泛指。

在新、舊唐書中，翰名均寫成瀚，但後世多依其自署本名，寫為王翰。字子羽，并州晉陽人。少時豪放遊蕩不修邊幅，後頓然翻悟，自行檢束，虔心書史，登景雲元年進士第，舉直言極諫，超越群倫，召為秘書正字。一旦少年得志，故態復萌，不免頤指使氣，旁若無人，是以人皆惡其驕恣，不相往。還惟張嘉貞愛其率性無心計，實為性情中人，雅愛重之。祇以酖於聲色之樂，家蓄聲妓，喧騰於時，受到朝廷不滿，出為汝州長史，徙為仙州別駕，依然故態，日與才人豪飲，喜樂游畋，再貶為道州司馬，未久，逝於任所。

有如此顯突之一生遭遇，始見有如此精警之作，所謂「境由心造」，信非偶然，管窺能為讀者首同乎！

《唐詩選評釋》云：此詩落筆極豪宕，而命意極沉痛。以成其大達觀也，尋索討意，則設為戍客狂飲之詞。以葡萄美酒盛於夜光之杯，將欲飲時，適聞馬上琵琶之相催，儼如欲侑我觴者，於是快極而痛飲，頹然而醉臥沙場。似此狂態，君且勿笑，試問古來征夫，生還者曾有幾人，既無生還，則今日之生，惟暫時之生耳！哪得不大飲以永今夕乎！自作壯語，所以自遣其悲。想至此，其沸騰之酒氣，成為點點之淚痕矣！

涼州本是宮調之曲，亦開元中西涼都督郭知運所採進者，翰本詞，實依於聲，又葡萄酒即唐時涼州之所產，故題曰涼州詞。當時有段和尚者，自製此曲譜，傳之於康崑崙，崑崙為琵琶名手，乃翻入於琵琶調，名曰玉宸宮。蓋此曲初進時，乃在玉宸宮故也。西域記曰：龜茲國王，命其臣庶之知樂者，於大山間，聞風水聲，節約為音，後翻入中國，如伊州、涼州、甘州，皆龜茲之境也。可以知聲樂之淵源。

翰夙為張說所推許，與祖詠、杜甫等善。杜有上韋左丞詩，有：李邕求識面，王翰願卜鄰句，雖杜自誇足以動才識之人，實以當世翰之才名，喧傳於時，杜甫不啻以此借重之也。

8. 送孟浩然之廣陵

李白

故人西辭黃鶴樓，煙花三月下揚州；
孤帆遠影碧空盡，惟見長江天際流。

《三百首詩選》蘅塘退士極讚本篇次句「煙花三月下揚州」實屬千古麗句，確屬定評。

李白和孟浩然相交，十分偶然。是李在出川後不久，在襄陽停留時，經過朋友當面介紹而結識的。當時孟已屆中年，有四十多歲，頗具聲名，而李才不過是三十出頭的年輕小夥子，彼此因相互仰慕而締交。李甚至向孟贈詩：

吾愛孟夫子，風流天下聞，紅顏棄軒冕，白首臥松雲。
醉月頻中聖，迷花不事君，高山安可仰，徒此挹清芬。

詩中之「風流天下聞」似指玄宗抱怨孟之詩中句而云。

《唐書》云：孟浩然，襄州襄陽人，少好節義，喜振人患難，初隱鹿門山，年四十乃游京師，嘗於太學賦詩，一座嗟服無敢抗。張九齡、王維雅稱道之。維私邀入內署，俄而玄宗至。浩然匿床下，維以實對。帝喜曰：朕聞其人而未見也，何懼而匿，詔浩然出，帝問其詩，浩然再拜，自誦所為：歲暮歸南山五律，詩云：

北闕休上書，南山歸敝盧。不才明主棄，多病故人疏。
白髮催年老，青陽逼歲除。永懷愁不寐，松月夜窗虛。

誦至「不才明主棄，多病故人疏」項聯時，玄宗勃然不爽，曰：卿不求仕，而朕未嘗棄卿，奈何誣我？何不云：

氣蒸雲夢澤，威撼岳陽城。

由是不降恩澤，因放還。李贈孟句「風流天下聞」即指此事，有所太息也。

其實，玄宗深愛浩然詩，其〈望洞庭湖贈張丞相〉詩，玄宗耳熟能詳，指「不才明主棄，多病故人疏」，宜改成「氣蒸雲夢澤，波撼岳陽城」，即贈張丞相詩中句，曰：

八月湖水平，涵虛混太清。氣蒸雲夢澤，波撼岳陽城。
欲濟無舟楫，端居恥聖明。坐觀垂釣者，空有羨魚情。

《唐書》稱：開元二十一年，起復張九齡為中書侍郎同中書門下平章事，九齡鎮荊州，曾辟浩然於府。此張丞相即九齡是。

唐汝詢以為，此臨湖而興求仕之意，復量其才而不欲進，洞庭濤勢壯闊，欲濟無舟楫，喻自家欲仕無才也。

玄宗既悉浩然心曲，自可俟機任用，而歸南山詩中，為了乘韻和切對，因此而怨明主，反而是玄宗之建議，將贈丞相詩中項聯，移置之，豈不皆大歡喜。人之世運窮通，悉由天命，浩然之失，寧非「大意」之過，不但此也。甚至連李白也曾因此召致餘波，稗史稱：

韓朝宗在荊州任職時，十分欣賞孟浩然的才華，有意於晉京時帶他前往，俾可多方推薦，打造聲勢，朝宗為當時文壇健者，深受時重，浩然之邀亦朝宗主動，且已妥約晉京時刻，要浩然來同行，但屆時浩然失信，坐失大好機緣，朝宗恨之切骨，再也不理會浩然。是以當李白的《上韓荊州書》，到達朝宗手裏的時候，正是李白和孟浩然相處，十分熱絡之際，朝宗擔心會成為推薦孟浩然的翻版，不願回應，故此一文情並茂之作，祇讓我們在《古文觀止》一書中才欣賞得到，未見一點實際效益。這豈不是浩然失信於韓朝宗的餘波盪漾。

談到本篇，管窺以為，此乃應酬之作，無什內涵可敘，倒是陸放翁在〈入蜀記〉中指此詩下二句，因為帆檣遠遠的映著，陪襯出碧綠山色，十分美好，這樣景色，非有在江中航行的實際經驗，是無法體會得到的。這也便是古人所說：讀萬卷書，行萬里路，見聞如與經驗相結合，才是真學問。

李白在去武昌途中，遇到孟浩然，兩人相見之下，十分投契，正好浩然要去揚州，為了表示敬、誠，所以才有本篇的出現。蘅塘退士對孟浩然的嚮往，是不言可喻。然而，孟之擅長，在於五言及律句，而唐詩的重點，多在七絕，孟詩少七絕，故以李白此詩來提醒讀者對孟浩然的注意，這似乎不是我在窮扯。

孟浩然逝於開元二十八年，一輩子未舉進士，未做官，逝後五年，遺作由王士源輯為四卷，集中計有五言律詩一百二十四首，五言古詩六十二首，可見他的詩，全部是五言，三分之二是律詩，而在此七言絕詩領域裏，留下駐記，十分巧妙。

蘇東坡對孟浩然的評述，認為他的詩，韻雖高而才短，譬如，有造內法酒之手，而苦無才料。實屬不易之論。但在《唐詩選評釋》書中，則指〈臨洞庭贈張丞相〉詩，神氣充塞，具有司空圖所謂：積健為雄，有返虛入渾之妙，為其集中之首選。毋怪乎玄宗亦激賞此也。

朱自清先生指唐詩中酬應的詩雖多，但佇興而作的人，向來大概不多，據現在所知，只有孟浩然是如此，作詩都在情感平靜的時候，運詩造句，都得到理智，佇興而作是無所為，酬應而作是有所為，這在功力深厚的人，其實無多差別，酬應的詩，若能恰如分際，也就見得真切。況是這種詩裏，也有至情、至短、至性之作。

果如朱先生所稱，本篇李的送孟，不但投其所好，亦似乎不免有一試的心態，而正因為如此，朱先生在明清兩代詩論家所指七絕壓卷作中，竟然出現了唐人鄭谷所作的七絕，〈淮上與友人別〉也正是三百首選中的末見，詩云：

揚子江頭楊柳春，　楊花愁煞渡江人；
數聲風笛離亭晚，　君向瀟湘我向秦。

《全唐詩》稱：鄭谷，字守愚，袁州人，光啟三年擢第，官右拾遺，歷都官郎中，幼即能詩，名噪一時，其七律〈鷓鴣〉乃成名之作，流傳甚廣，時人號為鄭鷓鴣，可見受重，《唐詩集解・鷓鴣》詩云：

暖戲煙蕪錦翼齊，　品流應得近山雞。

雨昏青草湖邊過，　花落黃陵廟裏啼。
遊子乍聞征袖濕，　佳人才唱翠眉低。
相呼相應湘江闊，　苦竹叢深春日西。

此詩言鷓鴣戲水，錦翼齊舒，求其品流與山雞相近，當遊於湖上偶遇天雨，昏黃之際啼於廟中，適逢落花時節，逐群結伴而過，啼聲甚哀，使遊子聞之心悲，佳人唱而低眉。於日晚之際，鷓鴣之相呼相喚，不離湘江浦上，苦竹叢林，春暉欲落，此情何極也。

得《集解》之一番演繹，可謂相得益彰矣！

《唐詩紀事》謂：僧人齊己的詩，做得很好，久仰鄭谷的詩名，特地專程前去襄州拜訪，其時鄭在都官郎中任所接待來客，至為熱忱。齊己因獻上五律一首，作為見禮和崇敬，詩曰：

高名喧省闥，雅頌出吾唐。疊巘供秋望，無雲到夕陽。
自封修藥院，別下著僧床。幾夢中朝事，久離鴛鴦行。

鄭谷看完詩篇，卻輕描淡寫地回應說：請更改一字，再來相見，齊己知鄭對他的愛護，隨即拜辭到客寓中，勤加揣摩，經過數日推敲，這才恍然大悟，毛病出在腹聯下句，欣然將「自封修藥院，別下著僧床」，易「下」字為「掃」字，乃成「自封修藥院，別掃著僧床」，再度求見鄭谷，鄭於激賞之餘，遂與齊己結為詩友。

但也有人指唐詩紀事所載有誤，緣齊己有〈早梅〉詩，中有句云：

前村深雪裏，　昨夜數枝開。

鄭見詩，為改「數枝」成「一枝」，還語謂：一枝才算是早梅，數枝便不顯了！齊己下拜受教，遂結為詩友。時人指此有「點石成金」之妙。兩說未知孰是。但鄭谷的精於練句，早著聲名，上述兩例，皆是「練」中得來，足見其修為了！

然而，天下事的難以捉摸，有時卻也使人啼笑皆非，明人謝榛，在其《四溟詩話》中，指本篇中的第三句：「數聲風笛離亭晚」，氣衰韻竭，不足以成其唐人七絕壓卷十一首，其中一首之譽，不但大唱反調，竟且越俎代庖，認應改寫成：

君向瀟湘我向秦，　楊柳愁煞渡江人；
樽前行笛離聲慘，　落日空江不見春。

時人或有譏為夜郎自大，或詭薄無行，同聲指責。也許蘅塘退士為免除糾纏，未將此篇入選。

談到「練字」故事，實在無法忽略范仲淹先賢的一段相關史實。《石林燕語》載：范仲淹寫的〈嚴先生祠堂記〉定稿後，拿給李泰伯看，泰伯看完不禁三嘆，認是稀世之作，足以千古流傳，祇是，卻又一本正經地說，我想斗膽更改一個字，不知可不可以？仲淹立刻肅然受教。泰伯指出：雲山蒼蒼，江水泱泱，意義非常廣闊，詞句也很博大，用來比況嚴先生的德行，未免以小況大，似乎不相稱。所謂「君子之德風」，如果能將上句的：「先生之德，山高水長」，改成「先生之風，山高水長」，易「德」為「風」，則意境更高，就不致於那麼狹了！仲淹聽了，全神貫注，凝思靜慮後，表現出由衷的欣服，感激得幾乎要下拜。

評論是一回事，好、壞又是一回事，審慎、客觀，最為重要，值得三思。從范的凝思中可知文章貴多揣摩。讀者尤不可忽略。

9. 早發白帝城

李　白

朝辭白帝彩雲間，　千里江陵一日還；
兩岸猿聲啼不住，　輕舟已過萬重山。

人逢喜氣精神爽，明、清兩代詩論家，同聲指出，此乃唐人七絕詩中的「首選」，亦即十一首公認壓軸選中，最受到激賞的一首。

史書中指出，李白自在沈香亭中，為明皇及貴妃，獻清平調三章，深受帝、妃激賞，不幸高力士為白脫靴事所激。力士素貴以此恥之。摘詩中句牽強附會到妃之醜行，帝嘗欲官白，妃輒沮止，白自知不為親近所容，懇求還山，帝賜金放還，乃浪跡江湖，終日沈飲。永王璘都督江寧，辟為僚佐，璘謀亂，兵敗，白坐當斬。

先是，李在并州作客時，見一小校因貽誤軍機，當斬。白見此小校，英武挺拔，如何受此重刑？經過查詢，始知因押送軍糧，到達時已違欽限三日，理應論斬。然而，適逢狂風暴雨，數日不息，道途受困，誠不得已，非敢甘冒此大不韙也。李廉得其情，允向玄宗奏稟，宥郭之違限，事非得已，軍方明知郭之受斬為無辜，亦無可奈何，得李緩頰，自必無事，於是郭子儀得以死裏逃生，無所罪責而倖免於死亡。

其後，郭以武舉異等，累遷朔方節度使，平安祿山、史思明之亂，立功至偉，肅宗嘗勞之曰：「國家再造，卿力也。」詔封汾陽王，成為當時舉足輕重人物。而白之為永王璘作倀，法當坐斬，亦在此際。子儀聞之，立刻上朝向肅宗面奏，願以汾陽王免冠，換取李白得赦。肅宗依恃方殷，何肯允奏。但從永王叛者，一律處斬，無人倖免，李又何獨例外，為事求兩全，乃判李免死刑而流放夜郎，郭仍保全汾陽王原官，事乃已！俗話說：多一事不如少一事，但在此則恰巧相反。無李白之多事，即無郭子儀之多事，兩得其宜，各得果報，尤屬不假。

乾元元年，白流放夜郎，時年已五十七，迨至乾元二年三月丁亥，以旱降，死罪流以下原之，白因得赦還，得沿江而下，族人李陽冰為當塗令，白即往依之。疑詩即旅次之作也。

按，夜郎本為漢時南夷國名，即今貴州西境地方。唐之夜郎為縣，在牂柯郡，即今貴州桐梓縣地。

《通鑑》載：天寶十五年七月甲子，太子即位於靈武，改元至德，是為肅宗。丁卯，上皇制以太子充天下兵馬大元帥，領朔方、河東、北平盧節度都使；以璘為山南東道、嶺南、黔中、江南四道節度使，十一月，璘至江陵，十二月甲辰，璘擅引舟師東巡，太白時臥廬山，璘道致之。璘敗丹陽，太白奔亡至宿松，肅宗即位，玄宗未前知，而璘之為四道節度使，與肅宗同日受命。

由此言之，遽云璘之叛國，未始不無疑問，總是成則為王，肅宗之排除異己，假以逆名，似乎不妥。故有人指出，李詩句中「兩岸猿聲啼不住」，隱含肅宗與璘王，彼此之糾葛，似亦非妄。

代宗立，頗念白之為人，以左拾遺召，而白已逝。文宗時，詔以：李白歌詩，裴旻劍舞、張旭草書為三絕，然則太白雖逝，詩歌光芒，永昭史冊矣！

《唐詩記事》載：太白有子伯禽、女平陽，皆生於太白去蜀後，有妹月圓，前嫁邑子，留在梓州不去，以故葬邑下，墓在隴西院旁百步外。

《中國文學家列傳・李白傳》載，白卒時年六十二，晚好黃老，渡牛渚磯至姑孰，悅謝家青山欲終焉，及卒，葬東麓，元和末，宣歙觀察使范傳正祭其冢，禁樵採，訪其後裔惟二孫女，嫁為民妻，進止仍有風範，因泣曰：先祖志在青山，頃葬東麓非本意，傳正為改葬，立二碑焉。

陳寅恪〈李白氏族考〉，據李陽冰草堂集序云：李白，字太白，隴西成紀人，涼・

武昭王暠九世孫，蟬聯珪組，世為顯著。中葉非罪，謫居條支，易姓與名。神龍之始，逃歸於蜀。范傳正・唐左拾遺翰林學士李公新墓碑云：公名白，涼・武昭王九代孫，隋末多難，一房被竄於碎葉，流離散落，隱易姓名，神龍初，潛還廣漢，因僑為郡人。父客，以逋其邑，遂以客為名。

考《太白集・卷二十六》，為宋中丞自薦表云：臣伏見前翰林供奉李白年五十七。寅恪案，太白為宋若思作此表時在唐肅宗至德二載，據以上推其誕生之歲，應為武后大足元年。此年下距中宗神龍元年，尚有四年之隔，然則太白由西域遷居蜀漢之時，其年至少已五歲矣！是太白生於西域，不生於中國也。

10. 逢入京使

岑參

故園東望路漫漫，雙袖龍鍾淚不乾；
馬上相逢無紙筆，憑君傳語報平安。

另有一首杜甫的〈月夜憶舍弟〉，詩云：

戍鼓斷人行，秋邊一雁聲。露從今夜白，月是故鄉明。
有弟皆分散，無家問死生。寄書常不達，況乃未休兵。

我常誦此兩篇，不覺熱淚盈眶，不能自已。緣我與妻流亡外出，十五年後，始悉雙親消息，輾轉自美、自港轉來，語多保留，短短數行，惟見雙親手跡而已！嗣後，若斷若續，無法得見。想像中岑詩之感人也！今已矣！夫復何言？

本篇作者岑參，南陽人，乃岑本文之後，少孤貧，力學有成為天寶三年進士，仕位不顯，故新舊唐書中乏傳，惟《全唐詩》附述云：岑參自率府參軍，直做到右補闕，相當於監察御史。由其居官清正，具聲望，斥權佞，深受時重，改起居郎，終不敵邪惡勢力圍攻，外放出為虢州長史，亦曾內遷為太子中允，旋由庫部郎中出為嘉州刺史，故後人以岑嘉州尊之。玄宗後期，遭逢安祿山之亂，岑自嘉州入蜀，避亂卜居，終老於斯，未重回京師。

岑嘗隨封常清西征，封時為西安四鎮節度副大使，旋改北庭都護，持節伊西節度使，進剿匈奴，是時單于兵屯金山以西，封軍則屯駐輪臺以北，向西逼近，引兵鼓譟，氣壯山河。岑曾有〈輪臺歌奉送封大夫出師西征〉歌云：

輪臺城頭夜吹角，　輪臺城北旄頭落。
羽書昨夜過渠黎，　單于已在金山西。
戍樓西望煙塵黑，　漢兵屯在輪臺北。
上將擁旄西出征，　平明吹笛大軍行。
四邊伐鼓雪海湧，　三軍大呼陰山動。
虜塞兵氣連雲屯，　戰場白骨纏草根。
劍河風急雪片闊，　沙口石凍馬蹄脫。

亞相勤王甘苦辛，　誓將報主靜邊塵。
古來青史離不見，　今見功名勝古人。

本篇疑是李判官入京時所作。岑之著作甚豐，全唐詩有四卷，計二百八十五首，自五、七古乃至五、七絕律皆備，多屬行旅時即作，至贈李詩，載在全唐詩卷二百，題名：〈磧西頭送李判官入京〉，詩云：

一身從遠使，萬里向安西。漢月垂鄉淚，胡沙損馬蹄。
尋河愁地盡，過磧覺天低。送子軍中飲，家書醉裏題。

家書既無法一筆帶過，不像詩篇，即興可得，勢須有所叮嚀囑咐，故爾先憑口信，報平安，瑣細容俟飲後再說，亦為人情之常也。

《唐詩選評釋》指本篇：率然而作，不必用意，只情景寫得真，便可以泣鬼神。龍鍾．埤雅云，行不前之貌。然琴操卞和歌有「空山歔欷涕龍鍾」，則此語似是涕泗橫集之形容辭也。無紙筆以作書，以傳語而通消息，併第二句而觀之，如聞其老淚嗚咽之聲，則令人惻然而掩卷。

劉融齋《詩概詮說》以為：詩之五言無閒字易，有餘味難；七言有餘味易，無閒字難。論家指出，觀乎岑詩差勝之。

追究起來，岑仍有寄家人之詩：

苜蓿烽寄家人

苜蓿烽邊逢立春，葫蘆河上淚沾巾；
閨中只是空相憶，不見沙場愁煞人。

《唐詩選評釋》同時指出：起句點其地，與其時序。次句望中慘悽之光景，三四句即寄家人之語。閨中相憶，固非不念征人之苦況，然未見沙場之愁煞人，有如此者。假令見之，當更難為懷也。從閨思說到向上一路，蓋以實踐之苦，非平生之所能逆料也。

西域記，塞上不置驛亭，又無山嶺，只以烽火為標識。玉門關外有五烽，其一，即所謂苜蓿烽。又，葫蘆河上狹下廣，故以其形狀得名。洄波甚急，水深而不可渡，上置玉門關，西域之咽喉也。此詩只有淚沾巾、愁煞人，並未言如何愁煞，此皆閨中之不能想像，有非言語之所能形容故也，詩之淒切動人，故在不言處耳！

而杜甫另一五律〈春望〉名作：

國破山河在，城春草木深。感時花濺淚，恨別鳥驚心。

烽火連三月，家書抵萬金。白頭搔更短，渾欲不勝簪。

同樣地以「家書」之難得，作為歌詠題材，但與岑之寄家人詩相較，岑詩中之凄楚，得難言之隱，無論在風格上，在詩格上，並不遜於杜詩也。反而，杜詩一片大實話，無人不知，無人不曉也。

11. 江南逢李龜年

岐王宅裏尋常見，崔九堂前幾度聞；
正是江南好風景，落花時節又逢君。

杜　甫

本篇作者與李白，號為唐代詩壇的兩大宗匠。惟各有其特色，白詩復古為宗，杜詩求新為貴，所謂：不薄今人愛古人，清辭綺麗必為鄰。能兼收並蓄。論家指出，讀李詩可使人能心胸舒暢，或有出世之想，讀杜詩能匡時濟世，或興愛國情操。李作詩主觀，信筆揮灑；杜作詩客觀，力求存真。李才氣之高，出於天生，固非人力所能企及；杜筆力之強，出於苦學，乃詩中之聖，實後世詩人之宗師。

杜之律詩，優於古體詩，七律優於五律，七古勝於五古；絕句則是杜詩中，最弱的一環。然而，蘅塘退士在七絕中，選用本篇時，特明白指出：「世運之治亂，年華之盛衰，彼此之淒涼流落，俱在其中。少陵七絕，此為壓卷」。實屬不易之論。

《中國人名大辭典》載：李龜年，唐代宗室之子，僖宗時嘗使南詔。至善闌，得其要約，與唐為甥舅。曾於岐王宅聞琴，曰，此秦聲；良久，又曰，此楚聲。主人入問，則前彈者隴西沈研，後彈者揚州薛滿。

由上可知李對樂器之精審，及對音樂上之造詣，故在玄宗慨乎宮中芍藥花開在沈香亭中，與貴妃一同欣賞時，曾以：「對妃子，賞名花，焉有舊曲」語，立命召李白作清平調，李龜年立譜成曲，即時演唱之實錄。由此可見，龜年出入岐王宅、崔九堂，有所憑藉也。

《唐語林》稱：李氏有兄弟三人，長、龜年；次、彭年；么、鶴年，皆以多才多藝，為時所稱。龜年能唱，能歌，作詞、譜曲，無不精到，尤擅於擊羯鼓，如將一杯水，置於其手彎處，擊鼓時水能平靜如昔，絲毫不致溢出，誠屬又一絕技。彭年善舞，鶴年歌舞皆能，又擅作曲，俗話說，時勢造英雄，由於三兄弟既屬唐室宗親，和玄宗的精於音律，有相同嗜好，故深受玄宗賞識，教唱教舞，常被召入宮，尤以龜年才藝高超，在玄宗與貴妃遊樂時，總少不了龜年侍候。兄弟仨在通遠里，建造了一所豪華大宅，和諸侯、公爵府第，毫不遜色。等到安祿山舉兵攻入長安尋訪三兄弟時，早已逃逸無蹤，乾脆放一把火，將住居燒得片瓦無存，作為發洩。適成了曇花一現，過眼雲煙而已！

玄宗奔蜀，自然沒有帶龜年跟隨，兄弟三人只好各自逃難，自尋生活了！

《唐書．杜甫傳》中指出，此詩作於大曆五年春間的四月，季末的落花時節，當時杜正由潭州至衡州，想找個安身之地，無奈時已漸及炎夏，氣候乾旱悶塞難耐，只好仍折回潭州，想回轉去襄陽或漢陽，祇是捉襟見肘，短少盤錢，故一直窩在江岸船上，偶然上岸碰碰運氣，看能不能找到舊日相識友人的援手。由於龜年昔日在長安，既是遐邇知名的樂師，做到宮中梨園長。而杜甫的詩名滿天下，兩人在長沙碰面，彼此鬚髮皆白，回想起開元、天寶年間往事，如今卻都是淪落異鄉，為解決衣食問題的無著，無可奈何，惟興「同是天涯淪落人」之慨了！

《明皇雜錄》稱：樂工李龜年，特承恩遇，大起第宅，後流落江南，每遇良辰勝景，常為人歌數闋，座客聞之，莫不掩泣。

亦可見李與杜相逢時之淒清矣！

岐王本是睿宗第四子李範的官稱，範好學善書，多與文士結納，無分貴賤，皆持之以禮，深受時人推崇，府中賓客常滿，樽酒不空，成為當時頗具知名度之府第。開元十四年，李範辭世乏嗣，由其五弟薛王李業之子李珍承嗣，改襲封爵，居於舊府邸，人稱嗣岐王。

玄宗乃睿王孫輩，乃岐王之姪，杜甫之與李龜年常見，當是嗣岐王府，詩云岐王宅裏尋常見，係指當時享有盛名之此一府第，正確言來，乃是嗣歧王府中常見也。

崔九乃崔仁師的第九位孫子，崔滌的暱稱。滌與玄宗往來密益，十分融洽，曾任秘書監，賜名澄。是以崔九既是崔滌，也是崔澄，在當時炙手可熱，可以自由出入宮禁，深受時人羨稱，而曲意相交者，亦不在少數。因之使杜甫和李龜年，往往能在此堂中偶遇。祇是崔滌逝於開元十四年，此詩之作，則在大曆五年（即七七〇年），而崔九之逝，既在開元十四年（即七二六年），則彼此相距有四十四年之久，是以詩中所指崔九堂前幾度聞，係指此堂之響亮聲名，而非崔九昔年往還之列。信而不誣。

12. 滁州西澗

韋應物

獨憐幽草澗邊生，上有黃鸝深樹鳴；
春潮帶雨晚來急，野渡無人舟自橫。

據傳：此詩韋曾親題，刻在太清樓帖中，詩句有異同處，如首句「澗邊生」，原題是「澗邊行」；次句「上有」原題是「尚有」。何良俊復校時，以為後人遽改，使原詩韻味全失，與作者意識不眸，「行」是作者走到那兒，才會領略到如此清幽，「尚」字刻劃用來加強語氣，充分顯示出文字寫作技巧。

《唐代詩學》稱：韋應物，京兆長安人，少以三衛郎事明皇，晚更折節讀書，永泰中授京兆功曹，遷洛陽丞，大歷十四年除櫟陽令，以疾辭，建中三年拜比部員外郎，出為滁州刺史。久之出為蘇州刺史，後人多以韋蘇州稱之。

應物性高潔，所至焚香掃地而坐。唯顧況、劉長卿、丘丹、秦系、皎然之儔，與之唱酬。其詩閑澹簡遠，人比之陶潛，稱陶韋。

開元天寶間，正是唐詩盛世，然而韋少尚俠，既以三衛郎事玄宗，相當於今之侍衛長，偏私恃寵，豪縱不法為時人所畏厭。玄宗失位，屢受人侮慢，這才痛改前非，折節讀書，卻能應舉登第，棄武習文，有如此造詣可謂不易。然而並未受人重視。直到死後，元稹給白居易書中謂：韋蘇州在時，人亦不甚重之，於身後則重之。可見韋的少時尚俠，又是天子駕前貼身侍衛，每當玄宗和貴妃出宮遊樂時，總是由他開道前導，喝退閒雜人車馬，淨空清道，看在地方官吏和百姓眼裏，無不恨之切骨，敢怒而不敢言，那還得褒揚他的成就來。直到貴妃受死，玄宗失去皇位，樹倒猢猻散，應物成為眾矢之的，這才靜坐攻書，始得成就其文學上的造詣。他的〈溫泉行〉七古詩云：

出身天寶今年幾，　頑鈍如錘命如紙。
作官不了卻來歸，　還是杜陵一男子。
北風慘慘投溫泉，　忽憶先皇游幸年。
身騎廄馬引天仗，　直入華清列御前。
玉林瑤雪滿寒山，　上升玄閣游絳煙。
平明羽衛朝萬國，　車馬合沓溢四鄰。

蒙恩每浴華池水，扈獵不蹂渭北田。
朝廷無事共歡燕，美人絲管從九天。
一朝鑄鼎降龍馭，小臣髯絕不得去。
今來蕭瑟萬井空，唯見蒼山起煙霧。
可憐蹭蹬失風波，仰天大叫無奈何。
弊裘羸馬凍欲死，賴遇主人杯酒多。

此何異是他解甲後，回溯以前光景的自訴。也正是不堪回首憶當年的寫照，其不受時人恭維，理無足怪。直到宋人對韋詩的激賞，這才引起後人對韋詩的評價。所謂：公道自在人心，除卻偏見，咸認韋詩的具有特色，突出於詩人之儔，豈是偶然。

宋・寇準的〈春日登樓懷歸〉五律，詩云：

高樓聊引望，杳杳一川平。野水無人渡，孤舟盡日橫。
荒村生斷靄，古詩語流鶯。舊業遙清渭，沉思忽自驚。

詩中項聯：「野水無人渡，孤舟盡日橫」。豈不是從本篇末句，穎脫而出者。可見宋人對韋詩的酷愛了！

明・吳梅村有句：

三江風月尊前醉，　一郡荊榛笛裏聲。

《唐詩選評釋》指出，韋有：登樓寄王卿，詩云：

踏閣攀林恨不同，　楚雲滄海思無窮；
數家砧杵秋山下，　一郡荊榛寒雨中。

吳蓋用韋詩中語者，與寇詩中語，同屬景慕韋詩，效顰之作，吳語亦明季兵亂後，雲間公讌之作。

趙甌北譏韋此詩，是雜湊成句，掉運不靈，斡旋不轉。顧趙詩專宗宋人，而唐調別有一種筆墨，寓一唱三歎於字面之中，趙輩之所未易知者，其言亦何可盡信據耶！選評之釋，是否有當，讀者高明，可自加考量，此則僅說明寇、吳二位，均為景仰韋詩表率也。更非指斥為「拾人牙慧」，正所謂會心不遠也。

宋人對韋詩的激賞，奠定了韋在唐代詩家中的地位，蘇東坡甚至將其譬比白居易，曾謂：

樂天長短三千首，卻遜韋郎五字詩。

雖然如此，僅指韋的五言，對本篇反而有所指摘。由於他也曾做滁州太守，而古文觀止卷四的〈醉翁亭記〉正是描寫滁州一帶景物而成，特別提示，滁州城西乃是豐山，並無西澗，其城北之一山澗淺甚，無可行舟，江潮更無法到達，指韋詩有望空玄想之嫌。胡應麟則反指歐陽不懂得情調，分明在煞風景，何況，唐宋之間，豈能不變。不說也罷。

13. 楓橋夜泊

張繼

月落烏啼霜滿天，
江楓漁火對愁眠；
姑蘇城外寒山寺，
夜半鐘聲到客船。

俗話說：好物不需多，靈丹只一顆。唐代詩人張繼僅是為了本篇詩作，得享重名，千古流傳，甚至連帶的，使得蘇州寒山寺，遐邇名噪，成為旅遊勝地，多拜張詩之賜。此詩的功莫大焉。

姑蘇城外十里的「封橋」邊，有座寒山寺，相傳是高僧寒山與拾得兩位大師錫搭而命名，知者甚鮮。一旦張詩之出，因此使寺之聲名顯耀，得未曾有。封橋也拜此詩之誤指，改成楓橋了！

此間有位姓封的鄉紳，為了兩岸人家交往，非靠擺渡不可，十分不便而煩惱，乃斥資獨建此橋，便利行旅。鄉人為感念封氏盛德，名此橋為封橋，作為永念。然而張繼詠此詩時，正逢秋色無邊，兩岸楓樹繁茂，平添不少意趣，誤認此橋為使楓樹增色而建，名為楓橋正是切景，哪兒得知另有背景。如此一來，將錯就錯，封橋自然而然地，被指名為楓橋，詩情畫意，襯托出水光樹色，更凸顯了週遭的清景，越發引人入勝了！

早在隋文帝時，飭命智顗禪師，在天台山建寺，用以弘揚法華經旨。煬帝又賜贈御書「國清寺」匾額，懸置於寺前所建之大牌坊上，使寺之規模得以一新，寺名大噪。當時住在山中寒嵒的寒山和尚，每日恆著破僧袍，頭戴樺樹皮冠，足拖木屐，到寺中向拾得和尚乞化，習以為常。後來拾得和尚轉來蘇州寺中為香火道人，寒山也緊跟著，亦步亦趨，同來此寺，兩位大和尚處甚得，時常同在殿前踱步，相親相近，突然的兩位又大吼大叫，互相怒罵。寺僧們出來干預，兩位匆匆逃去，不知何往，不會兒又相偕出來，拍手大笑，寺僧們也莫可奈何，這正是清人法繪兩位為「歡喜佛」的背景。由是，樊恭煦為獻聯云：

江楓漁火，勝地重來，與國清寺並起宗風，依舊鐘聲聞夜半；
木屐樺冠，仰天狂笑，有寒山集獨參妙諦，長留詩句在吳中。

似乎已將上述之敘，有所包括，苟非名家莫辨，況又是刻植於寺門兩側楹上乎？

閭丘胤清際任蘇州太守時，忽然有頭瘋，醫治罔效，一天走到寒山寺，和方丈豐干攀談時，豐干暗示，寺中寒山和拾得兩和尚的裝瘋賣傻，其實全是在遊戲人間，兩位乃是文殊、普賢兩菩薩的化身，為普渡苦難眾生，默默地作為。太守如能降尊虔求，必然有應。閭丘聽了即去後院，向兩位瘋和尚膜拜。惱得兩和尚，破口大罵，指豐干饒舌，雙雙逃到後山，太守趕去時，和尚大叫有賊，隱入巖中忽然不見。而胤的頭瘋，也霍然而癒。太守本是位名詩家，在寺後林中樹幹上，見保留甚多詩偈，遂命人一一抄錄，編製成集，號為《寒山集》，作為報答。故今日《四庫全書》中之《寒山集》，乃係當時實錄，由閭丘胤編刻奉行，也算是一份功德。（按閭丘為姓、名胤，不姓閭）

批評文學的建立，並不是輕而易舉，揚名立萬的機宜。是以孔子云：未窺遍全書，不得妄下雌黃。對其弟子們有所炯戒，正是凜於批評的不易，若干「詩話」、「瑣言」「雜錄」所載，往往成為相互譏評，議論的角力場。就以本篇所詠，看在歐陽修眼裏，便覺有些不遜，因此，在他的《六一詩話》中指出：

> 詩人但求好句，不管文理的通與不通，以詞害意，實在要不得。譬如，張繼七絕詩句：姑蘇城外寒山寺，夜半鐘聲到客船。讀過的人都稱讚此詩甚佳，但半夜三更，又豈是打鐘的時刻。

確切、明白，絲毫沒有惡意，然而歐陽修雖然飽學，卻忽略了「民俗」的層面。

原來在長江沿岸的江浙一帶，蘇州、杭州一帶的大禪林，多有夜半敲鐘的慣例、定規，名為無常鐘、定夜鐘、夜分鐘，在午夜正十二點時敲響，表示舊的一天已經過去，新的一天正將到來，似乎還有些警醒意味。此豈是籍隸廬陵的歐陽修所知。這才引發不少議論和反應。分別見於：《石林詩話》、《唐詩紀事》、《學林》、《苕溪漁隱叢話》、《復齋漫錄》、《能改齋漫錄》、《王直方詩話》、《庚溪詩話》、《漁陽詩話》、《全唐詩話》及《野客叢談》等諸筆記書中，同聲一致指斥歐陽氏的疑所不當疑。在唐詩上留下這一段尷尬紀錄。值得警惕！

作者張繼，號懿孫，襄州人，唐天寶間進士，一直未能榮顯，大曆末做到檢校祠部員外郎，在洪州管理財賦錢糧。直到此詩之出，詩名大噪，被譽其詩清迴難得一見。

14. 寒食

春城無處不飛花，寒食東風御柳斜；
日暮漢宮傳蠟燭，輕煙散入五侯家。

韓翃

本詩作者韓翃的一生，可稱得上是得天獨厚，因其才高，享受到曠世奇遇的傲傲者，古往今來，很少有人倫比。乃是幸運中之大幸者，茲就談故事的立場，加以說明。

韓翃少年時，生活十分清貧，甚至到達衣食不週程度，卻依然奮力攻書不輟，深受鄰居李將軍外室柳氏的注意，這份不卑不亢，泰然自處的寧逸，既未因貧困氣餒，更沒有失去自勵上進的決心。每當李將軍來時，總會不期而然地，從柳氏口中談起韓的訊息，甚然還建議將軍，伺機稍加留意和支援。李將軍想在心裏，看到韓雖貧困，而往來人中不乏知名之士，已明白了大半，過了兩天，將軍吩咐柳氏準備一桌豐盛筵席，至期僅邀約韓翃一位客人，聚談暢飲到主菜上桌，李將軍舉杯站了起來，慎重其事對韓言道：秀才是當今才子，氣質高華，柳氏常和我談起，十分景慕，柳夫人容色艷麗，不媿為佳人，以佳人配才子，至為允當，隨即要柳氏，命坐到韓身側，這一驚非同小可，韓在震慄之際，避席回說，蒙將軍之恩，解衣推食，已有很長一段時際，豈可再妄圖佔有將軍愛寵。李索興開導他說：大丈夫相遇，杯酒之間一言道合，尚相許以死，何況是愛妾？難道不能接納麼？韓這才躬身下拜，敬謹遵命。李又說，夫子居貧，不足以自振，柳有資數百萬可以取濟，柳淑人也宜事夫子，能盡其操，說罷，長揖而去。是韓的既獲美妻，又增資財，皆是無意中得之。可謂一絕。

第二年，韓便受到禮部侍郎楊度賞識，登第成進士，韓意得志滿之餘，反而柳氏力勸他出仕，顯親揚名，才是男子漢、大丈夫應有的抱負。同時還安慰他說，妾身邊尚有餘資，可以自謀衣食，不必耽心妾身生活。

天寶間安史之亂未已，韓接受淄青節度使侯希逸之邀，入為幕僚，臨別前和柳氏相約，一俟生活稍定，便接她同住，由於戰爭禍亂擴大，道途又阻塞，自然無法來接柳氏前往。惟在軍情傳遞時，稍通消息而已！韓用練囊盛麩金及章臺柳詞，贈柳氏云：

章臺柳，章臺柳，往日青青今在否？縱使長條依舊垂，亦應攀折他人手。

柳氏閨名衣蕙，才貌雙絕，得韓詞，為堅其信心，即依原韻唱和，答云：

楊柳枝，芳菲節，可恨年年贈離別，一葉隨風忽報秋，縱使君來豈堪折。

柳氏也深知，她的艷名遠揚，樹大招風，必須隱掩，乃剪髮毀形，寄跡在法靈寺棲息。不料依然為蕃將沙吒利所悉，劫以歸第，寵以專房，正如韓詞所云，入他人手矣！

等到侯希逸除左僕射，入朝覲謁，韓得以隨行，至京師已找不到柳氏，反而在途中，有人自車上，投以輕素結玉合，實以香膏擲韓，並云：當遂永訣，願寘誠念。韓這才知柳已為沙吒利所劫，無可奈何，祇有傷感而已！

此時，淄青節度諸將，合樂酒樓，邀韓同聚，強而後可，卻意色頹喪，音韻淒咽。有虞侯許俊，素有義氣，見韓如此，便問道，看您如此苦楚，必有難解之結，如願明告，願代解惑。於是韓將沙吒利劫持柳氏事備告之。許安慰他說，這小事一樁，請親筆寫一字條給柳，作為徵信，我馬上為你去辦。

於此，許乃換成胡裝，騎駿馬在沙營側，候沙外出稍待，衝入大營並說：將軍中惡，急召夫人。既見到柳氏，出示韓書字條，挾柳上馬，轉回酒樓，宴尚未終，韓與柳相見擁抱，恍如隔世，大夥這才罷酒散席。

後遺症來了。沙吒利正受寵於朝廷，自他營中劫回柳氏，沙會甘心嗎，為恐事態鬧大，只得向侯希逸陳明，不料侯不但沒有責怪許，反而讚不絕口地說：我平生想做的事，你居然能做得如此爽快、俐落。於是立刻要韓獻狀，備陳沙吒利劫柳，及許再奪回原尾，肅宗批示：柳氏宜還韓翃，沙吒利賜錢二百萬以償其失。此事終以喜劇收場。無論是韓翃對柳衣蕙之失，以及失而復得，同樣出人意表，又是一絕。

韓翃既與柳衣蕙重入鴛夢，平安渡過，再也不想分開，倒也是夫唱婦隨，相得益彰。

〈本事詩〉指出：韓翃閒居將十年，李相勉鎮夷門，署翃為幕史，時翃已遲暮，同職皆新進後生，不能知韓，舉目為惡詩，韓鬱鬱殊不得意，多辭疾在家，惟末職韋巡官者亦知名士，與韓獨善，一日夜將半，韋叩門急，韓出見之，賀曰，員外除駕部郎中知制誥。韓愕然曰，必無此事，定誤矣！韋就座曰，留邸狀報制誥缺人，中書兩進名，御筆不點出，又請之，且求聖旨所與，德宗批曰，與韓翃，時有與翃同姓名者，為江淮刺史，又具二人同進。御筆復批示：春城無處不飛花云云，當與此韓翃。韋又賀曰：此非員外詩耶？韓曰，是也！是知不誤矣！

賦閒垂十年，雖再出仕，卻為後生所輕，不待營謀，居然受到皇上眷顧，授以顯官，出人意表，豈不是又一絕。綜其一生，一而再，再而三，受到命運之神照拂，古往今來，獲此機遇者豈多哉！

閑話休敘，有關篇題〈寒食〉的緣起，計有三說：

《汝南先賢傳》稱：太原習俗，由於晉人介之推被火燒死，後人懷念他，決定在他被焚的這天，相約不舉火，作為悼念。

晉獻公之子重耳，在國內遭到迫害，率領親信出亡在外，後來返國繼承王統，是為晉文公。往日隨同流亡在外的官員，各自表功，主動求官，皆能如願以償，唯有介之推不屑依樣學樣，主動邀功。反而悄悄地隨老母入山隱逸。在朝官員卻有人仗義，為介之推鳴不平，門貼諷詞，有所怨訴，事為文公發覺，覺得全是自己疏忽之過，回朝後，一直忙於安定政情，反而把最親近的難友，毫未顧到。立刻派人前往召喚，就是找不著，聽說已隱入山林，於是有官員發動燒山，如此一來介氏母子定能逃出來，不料卻使母子倆都被燒死在林中，後人為了檢討前失，決定每年三月初五，放火燒山日，冷食一天，不舉火，稱曰寒食。

《荊楚歲時記》稱：從冬至開始，再數一百零五天，約當清明節前一天或兩天，有大風大雨不可舉火，免釀成火災，必須吃生冷或前一天煮成熟食，故謂之「寒食」。

《丹陽記》謂：龍星居五行中之木方位，春在東，方心為大火，忌火盛，故焚煙火，是為寒食龍星之忌。

上述三說各有淵源，無可置評，倒是大雨大風之際慎防火燭，不失為小心謹慎，寒食以因應，亦非故意。

然而，從民俗的角度來談，三百首選七絕中，僅載寒食之詠，忽略「清明」，不但有隨手掇拾之嫌，體制亦乖。況杜牧・清明七絕，家喻戶曉，通俗清新，清明既屬一年中之三大節：清明、中元、十月朔之一，與三大人節：端午、中秋、年節並論相提，寒食誰何，一般知者鮮。為彌縫此疏漏，茲縷述杜詩「清明」如次，詩云：

清明時節雨紛紛，　路上行人欲斷魂；
借問酒家何處有，　牧童遙指杏花村。

清明為我國一年中，二十四節氣之一，淮南子・天文篇：春分後十五天，斗指乙，為清明，一般人家多以此日或前一兩日，祭祖、掃墓及踏青，亦今訂為民族掃墓節之本。由於此詩的即時應景，兒童們多能背誦如流，並未因七絕選所棄而忽略，甚至，近代「平劇」中的小放牛一齣，即據以編成。好事者，鼓其逸興，為成〈艷陽春〉，於本篇中，添加和聲，遂成樂曲，詞云：

艷陽春，清明時節雨紛紛，沾衣襟，路上行人斷魂。借問酒家何處有，牧童牛背忙欠身。遙指草橋道，一片白雲升。青山翠隱隱，綠水滴澄澄，酒旗飄嶺外，茅屋敲三更，這就是杏花邨。

改成多采多姿，搖曳生風之唱腔，令人低迴。苟非眾好，何能見有此。更有妙絕者，有人於本篇，標點、斷句重新，以為詞，云：

清明時節雨，紛紛路上行人，欲斷魂。借問酒家何處？有牧童，遙指杏花村。

一首好詩的流傳後世，使人愛不釋手，隨時可聞吟唱，殊非易易。復因此而衍生出：詞、曲、歌、劇。實屬唐人詩作中之僅見。反為三百首選七絕詩所棄，寧非異數？

或有人指謂：七絕詩中，選入杜牧詩凡九首，佔七分之一猶多，故有所割愛，免多偏廢。然則，寧取〈贈別〉、〈寄揚州韓綽判官〉等風花雪月之吟，曾否顧及兒童心理健康，任性選剔，未免遺憾。

復有人，稱聞此詩深受蘅塘退士之譏評，認是「鬼話連篇」，蓋白天行人走在路上會失魂落魄，豈不駭人？所以棄而不取。如此說屬實，則繼之入選之李商隱（四四）賈生篇中之詠：「可憐夜半虛前席，不問蒼生問鬼神」。難道不是鬼話？

選詩不易，說起來容易，做起來並不簡單，也許正由於七絕中未入選此詩，使人引生反感，這才產生出如許眾多的枝節。尤其今日酒樓，以「杏花村」為名，更是風靡一時，為眾人矚目，因「被棄置」引起更多認同，何嘗不是「因棄而紅」呢？

15. 月　夜

劉方平

更深月色半人家，北斗闌干南斗斜；
今夜偏知春氣暖，蟲聲新透綠窗紗。

本篇作者劉方平，河南人，與元魯山、皇甫冉交誼甚篤，乃邢襄公政會之後，因求隱逸不尚功名，是以新、舊唐書中，多無其傳敘，我們僅能從《全唐詩》他的作品前的簡介中的指稱，謂：

劉方平，字不詳，河南人，生卒年月均不詳，肅宗乾元元年前後在世，白晳美容儀，年二十工辭賦，又善繪事，工山水，與元德秀友善，隱居潁陽大谷，不仕。與皇甫冉、李頎等友善，常相贈答。汧國公李勉，延致齋中，甚敬愛之，欲薦於朝，不肯屈。辭還舊隱。

蘅塘退士欣賞本篇，尤以篇末「蟲聲新透綠窗紗」句，指為：春意盎然。誠是。然以一隱逸詩家，不受時重的詩章，入選於七絕詩，居然一連兩篇，可謂殊遇。尤其，當時蕭穎士即譽其為「山東茂思」，皇甫冉則寄詩贈之，云：

寄劉方平（七古）

十年不出蹊林中。一朝結束甘從戎。嚴子持竿心寂歷。
寥落荒籬遮舊宅。終日碧湍聲自喧。暮秋黃菊花誰摘。
每望南峰如對君。昨來不見多黃雲。石徑幽人何所在。
玉泉疏鐘時獨聞。與君從來同語默。豈是悠悠但相識。
天畔三秋空復情。袖中一字無由得。世人易合復易離。
故交棄置求新知。歎息青青長不改。歲寒霜雪貞松枝。

《唐詩三百首評析》指此為抒寫物候變化之感，幽雅清緻，使人有飄然意。詩之前半是仰觀天象，後半是俯察地表。因月色而及星象，聞蟲聲乃悉春暖，彼此互為因果，揭旨明暢，靜穆肅靜，最是動人。

《中國文學欣賞》：剪裁與含蓄篇中指出：

陸放翁詩句云：「文章本天成，妙手偶得之。」偶得之妙，剪裁之工也，疏密之於瓶花，淺深之於眉嫵，可以為例。白樂天詩句云：「別有幽情暗恨生，此時無聲勝有聲」。以無勝有，含蓄之致也。花喜其初綻，眉憐其淺顰，可以為例。剪裁其工巧也，含蓄其神髓也，若干詩詞之可取處，一在剪裁之適合，蓋用字能以少許當多許也。一在含蓄之深永，蓋抒情能以有限蘊無限也。沈去矜〈塡詞雜說〉云：詞要不亢不卑，不觸不悖，驀然而來，悠然而逝，立意貴新，設色貴雅。構局貴變，此情貴含蓄，如驕馬弄銜而欲行，粲女窺簾而未出，得之矣！

篇中雖未及於本篇，然在劉作中，無論「剪裁」與「含蓄」，似與上述讜論，並不多讓，冒起冒收，正是唐人詩中不常見到的，何況，末句的「春意盎然」，也不知透露出幾許「幽怨」，從一位隱逸的詩人眼中，發為此項吟詠，可發一歎。

按：全唐詩集之二百五十一卷，載劉詩計二十五首，多短章，稍長者，惟見〈寄隴右嚴判官〉五古，及〈秋夜寄皇甫冉、鄭豐〉、〈寄嚴八判官〉各七律一首而已，其交往廣，於茲可悉。至寄皇甫冉之詩，云：

洛陽清夜白雲歸，城裏長河列宿稀；
秋後見飛千里雁，月中聞擣萬家衣。
長憐西雍青門道，久別東吳黃鵠磯；
借問客書何所寄，用心不啻兩鄉違。

另有〈送別〉一首，並未指題別者誰何，詩云：

華亭霽色滿今朝，雲裏檣竿去轉遙；
莫怪山前深復淺，清淮一日兩迴潮。

大抵劉之作品，一脈純情，清淡幽雅，甚少涉及私人相處情誼。故於《唐詩集解》中，納入「齊梁派」之殿。論家指出：

六代為文，好流連哀思，浮澆不節，爛漫之音，中乎人心。大抵初期之詩，踵前增華，由新體而入近體，浮切諧協，支對工整，此其可紀者，一也。復好用排句複調，以變樂府單行之氣勢，故聲律鏗鏘，士爭新尚，此其可紀者，二也。究其骨力，仍傷卑弱，未能振作舊觀，且內容虛泛，神仙富貴，雜乎其間，推闡閎風，期諸新出，大輅之制，此其椎輪耳！

按：齊梁派所指之詩家，有：唐太宗李世民、長孫無忌、魏徵、虞世南、上官婉兒、盧照鄰、楊炯、王勃、駱賓王、沈佺期、宋之問、蘇味道、李嶠、張說、蘇頲、劉希夷、張若虛、李嘉祐及劉方平諸子。

三百首詩選中，僅見：宋之問・題大庾嶺北驛；王勃・杜少府之任蜀州；沈佺期・雜詩。計五言律詩共三首。沈佺期・獨不見；七言律樂府一首，及劉方平・月夜、春怨，七絕各一首，合為六篇。其餘諸家之作，均無所及，豈劉之盎然春意，為蘅塘退士所仰尚，此穎脫而出，良有以也！

16. 春怨

劉方平

紗窗日落漸黃昏，金屋無人見淚痕；
寂寞空庭春欲晚，梨花滿地不開門。

唐人對宮詞宮怨、春詞春怨、閨情閨怨所做之詩作，不絕如縷，以其素材易覓，抒情有方。本篇則在次句的金屋無人見淚痕著眼，與岑參〈長門怨〉並無區別，詩云：

君王嫌妾妒，閉妾在長門。舞袖垂新寵，愁眉結舊恩。
綠錢生履跡，紅粉濕啼痕。羞被桃花笑，看春獨不言。

甚少含蓄，反而將平陽公主侍者衛子夫，歌舞娛於武帝得繼立為妃、后事怨之，並不恰當，怨在阿嬌太妒也。

漢武帝故事稱：帝幼年與親姑長公主之女陳阿嬌，兩小無猜相得甚歡，一天館陶長公主抱置膝上，問他討阿嬌為妻好不好，答說，倘得阿嬌為妻，願貯金屋藏之。長公主把握此意，迫不及待向兄長景帝苦纏，使阿嬌得以成為漢武帝之后，館陶長公主與有力焉，而「金屋藏嬌」遂成為歷史典故。祇以陳皇后，既生於華貴之家，過份嬌恣善妒，使武帝受不了，這才將她幽居在長門宮，廢后重立新后的。陳后既廢，親人們素稔武帝酷愛司馬相如賦，重金求其做〈長門賦〉，為阿嬌求恕，卻未見效應。而史記、漢書之相如列傳中，不載此事，賦亦未載。余幾經尋覓，始於漢賦雜著中偶然得之，彌足珍惜，今附載於此，借博一粲如何！另，戎昱之閨情詩云：側聽宮官說，知君寵尚存。未能開笑顏，先欲換愁魂。寶鏡窺粧影，紅衫浥淚痕，昭陽今再入，寧敢恨長門。故知賦未生作用也。〈長門賦〉為：

夫何一佳人兮，步逍遙以自虞。
魂踰佚而不反兮，形枯槁而獨居。
言我朝往而暮來兮，飲食樂而忘人。
心慊移而不省故兮，交得意而相親。
伊予志之慢愚兮，懷貞愨之懽心。
願賜問而自進兮，得尚君之玉音。

奉虛言而望誠兮，期城南之離宮。
修薄具而自設兮，君曾不肯乎幸臨。
廓獨潛而專精兮，天漂漂而疾風。
登蘭台而遙望兮，神怳怳而外淫。
浮雲鬱而四塞兮，天竊竊而晝陰。
雷殷殷而響起兮，聲象君之車音。
飄風迴而起閨兮，舉帷幄之襜襜。
桂樹交而相紛兮，芳酷烈之誾誾。
孔雀集而相存兮，玄猿嘯而長吟。
翡翠脅翼而來萃兮，鸞鳳翔而北南。
心憑噫而不舒兮，邪氣壯而攻中。
下蘭臺而周覽兮，步從容於深宮。
正殿塊以造天兮，鬱並起而穹崇。
間徙倚於東廂兮，觀夫靡靡而無窮。
擠玉戶以撼金鋪兮，聲噌吰而似鐘音。
刻木蘭以為榱兮，飾文杏以為梁。

16.春　怨

羅豐茸之游樹兮，離樓梧而相撐。
施瑰木之欂櫨兮，委參差以槺梁。
時彷彿以物類兮，象積石之將將。
五色炫以相曜兮，爛耀耀而成光。
緻錯石之瓴甓兮，象瑇瑁之文章。
張羅綺之幔帷兮，垂楚組之連綱。
撫柱楣以從容兮，覽曲臺之央央。
白鶴噭以哀號兮，孤雌跱於枯楊。
日黃昏而望絕兮，悵獨託於空堂。
懸明月以自照兮，徂清夜於洞房。
授雅琴以變調兮，奏愁思之不可長。
案流徵以卻轉兮，聲幼妙而復揚。
貫歷覽其中操兮，意慷慨而自卬。
左右悲而垂淚兮，涕流離而從橫。
舒息悒而增欷兮，蹝履起而徬徨。
揄長袂以自翳兮，數昔日之愆殃。

無面目之可顯兮，遂頹思而就床。
摶芬若以為枕兮，席荃蘭而茝香。
忽寢寐而夢想兮，魄若君之在旁。
惕寤覺而無見兮，魂廷廷若有亡。
眾雞鳴而愁予兮，起視月之精光。
觀眾星之行列兮，畢昴出於東方。
望中庭之藹藹兮，若季秋之降霜。
夜曼曼其若歲兮，懷鬱鬱其不可再更。
澹偃蹇而待曙兮，荒亭亭而復明。
妾人竊自悲兮，究年歲而不敢忘。

17. 征人怨

柳中庸

歲歲金河復玉關，朝朝馬策與刀環；
三春白雪歸青塚，萬里黃河繞黑山。

一般說來，唐代以律、絕詩，號為盛世。多五、七言之詠，六言者絕少，限於協韻故也。律詩有八句，規定其中三四句和五六句，必須對仗，俗稱項、腹對，猶如人身之有頭、有項、有腹、有足，頸項和腹部，正位於身體之上半及下半，因有此俗稱。絕詩則無上下兩句，相互切對之約束，頗似律詩中頭、足四句，是以絕詩尤多自由發揮餘地，限制較少。然而本篇規撫律詩約束，以頷、腹聯之型式作成。一二及三四兩句，各為工整切對，絕詩少見，堪稱又一特色。換言之，實為律詩其中四句之詠法。

《唐代詩學》書中指出：唐代帝王李氏，起於隴西，本為胡族。開國時，深受外族協力贊助，尤以突厥最著，其後之匡復東、西二京，依仗回紇之力不少。所領疆域，東服高麗、西破高昌、南服交趾、北至突厥，乃漢以後，疆域之為大者。

有了這如許眾多，且廣大領域，邊疆防禦，必不可少。屯兵就要征召戍兵，這些年輕壯士，一旦獻身衛國守土，遠入夷荒，必然終日處於緊張時刻，經年無法和家人聯繫，衷心酸楚可以想見，卻也無由訴苦，如果發洩不當，等於是違背詔命，是要受到嚴厲處分，輕則受刑，重則斬首、抄家，誰敢這麼做？於是祇有假做第三者身份，作為嗟歎，發洩胸中抑鬱而已！這才出現作者誰何，稍有隱諱的理由。

在《文獻通考》中，指本篇作者為柳談，中庸為其字，或指其名為郯。蕭穎士愛其才，曾以女妻之。史證歷歷，本篇作者署字不署名，實為三百首詩選中之首倡，然而，卻也因此使其弟名中行，至於弟之原名，似乎更為模糊，少人知悉了。柳談為大曆間進士，河東人，嘗與李端、盧綸諸子相唱和，乃同一代的詩家。

詩中金河，指的是黑河，在今綏遠歸綏城南，緊鄰長白山麓，沙塵蔽天，氣候多變，我們習指的「白山黑水」，便是指的這兒。一片漠野，乃是兵家必爭之地，至於黑河何又改稱金河，純屬切對下句及美化文辭，有所因應而來；金河、玉關與馬策、刀環，音韻鏗鏘，猶其餘事耳！

本篇與涼州詞，同屬樂府詞的模式，也正是歌詠邊塞詩之列。但三百首選者，深具會心，王翰此詠，壯闊豪放，能使讀者激盪，本篇則不免幽怨感傷，不勝淒楚之情，各執一端，讀者何妨仔細推敲來。

唐代邊塞戰端，可謂連綿不息，終唐一代，無休無止。先是開疆闢土，主動掀起戰端，正是唐代詩學書中所敘。已而立國後，塞外民族目睹中原之繁華，有心染指，何況邊塞荒涼，食物不給，為了衣食生活，一待秋收後，掠奪食糧之爭，尤其慘烈，於是往昔之主動戰，轉型成了被動，為保持既得利益，防禦用兵，出於必然。沒完沒了，耗用大量人力物力，長期守衛，兵源之自，來自中原各郡，召征戍守，動輒三年五載，所謂家破人亡，妻離子散，又豈是平居安定之百姓，所能忍受？然而，此乃國法，丁壯者有為國服兵役義務，怨訴無方惟訴之於詩了！何況唐室前身，也正是胡人？

值得警惕的，乃是因此而形成的「惡性循環」。徵召入伍的，全是精壯少年漢。這些平時仰仗其維護一家生計的主幹，被徵召出征，留下家中老、弱、婦、孺，生活上產生巨大困擾，不得已，為了抵制受召，索興參加抗徵行列，便是俗指的造反，於是，一面征人到邊塞防禦，一面召兵抑平動亂，形成內憂外患。而雙重防衛兵力的調度，不但兵源增加，又有若干兵源，因反叛而坐失，越徵越不足，越不足越要徵，永無休止之日，乃致國亡。

論家指出，所詠征人怨云云，其實乃是不折不扣的「民怨」，深遠而普遍，祇是詩作者，有所顧忌，不敢大張其鼓，激怒於執政，如此而已！

柳也作有涼州詞二首。

其一

關山萬里遠征人，一望關山淚滿巾；
青海戍頭空有月，黃沙磧裏本無春。

其二

高檻連天望武威，窮陰拂地戍金微；
九城弦管聲遙發，一夜關山雪滿飛。

不但不若王翰所詠，甚至也和本篇有一大截距離，不為三百首所選入，似亦理所當然。

18. 宮詞

顧況

玉樓天半起笙歌，風送宮嬪笑語和；
月殿影開聞夜漏，水晶簾捲近秋河。

《三百首詩選》七絕，選用時曾對此作者，做如次介紹，云：

顧況，字逋翁，蘇州海鹽人，與柳渾、李泌善，渾輔政以校書徵，泌為相，稍遷況為著作郎，坐以詩語調謔，貶司戶參軍，隱居茅山，自號華陽真逸，以壽終。

調侃別人而受到貶謫，實在是咎由自取，不可不慎，尤當為今日青年學子之戒。如載稱，白居易未冠謁顧，以其名調之云，長安「居」大不「易」，幸而白才高，這才免此尷尬，可見恃才少所推可，於人無害，於己之傷害，甚莫大焉！勉乎哉！

談到「宮詞」，七絕選六十首中，在二十篇以上，可見蘅塘退士之酷愛此也。是否會影響今日少年讀者之心理，姑置不論，如今時已自「專制」趨向「民主」，講求「人權」之尊重。這類封閉式，類似「禁居」的生活，已是歷史陳述，不能因在唐代，題材豐富、詩人偏好，而選者又不肯避此嫌也。

《西清詩話》中指出：唐文宗李昂，性仁孝好書史，遠聲色崇崇儒雅，勵精圖治，出宮人放鷹犬，廢冗員禁貢獻，尤其對昔日德宗李适時代，宮中飲用的泉水，必先在盛水器上鋪上一段織錦，將濾去沙礫，併用錦料一併拋卻，如此暴殄用物，不願苟同，曾向臣屬李石親加諷諭。另有鄭嵎的〈津陽門〉，記敘當時宮中賜浴事，詩云：

暖山度臘東風微，宮娃賜浴長湯池。
刻安玉蓮噴香霧，漱回煙浪深逶迤。
犀屏象薦雜羅列，錦鳧繡雁相追隨。

詩之自註稱，此與王建宮詞云，池底鋪錦事相合。可見文宗之指斥不謬也。

顧況之作，全唐詩中，卷二百六十四至二百六十七有四集。另與韓章、清晝、共送晝公聯句，及和賀知章詩等。本篇則選自其宮詞五首中之「其二」，另四首為：

其一

禁柳煙中聞曉鳥，風吹玉漏盡銅壺；

內宮先向蓬萊殿，　金合開香瀉御鑪。

其　二

玉階容衛宿千官，　風獵清旂曉仗寒；
侍女先來薦瓊蕊，　露漿新下九霄盤。

其　三

九重天樂降神仙，　步舞分行踏錦筵；
嘈囋一聲鐘鼓歇，　萬人樓下拾金錢。

其　四

金吾持戟護新簷，　天樂聲傳萬姓瞻；
樓上美人相倚看，　紅妝透出水精簾。

然恰在此後的集末，復有〈宮詞〉一首，可見顧對此詠之興趣。詩云：

長樂宮連上苑春，　玉樓金殿豔歌新；
君門一入舞由出，　惟有宮鶯得見人。

當時正是唐之盛世，從顧之詩作中，可以識得出來。管窺有兩項體認：

一是帝王的豪侈，求精求美，遂使宦官為逢迎主子，得以隨心所欲，無不挖空心思，盡量巴結，帝王有所恃而無慮，遂使宦官坐大以弄權，皆由此始，唐室之由盛而衰，宦官弄權、坐大，為重大誘因，倘每位君主，皆能與文宗齊一步伐，何致於喪權辱國來？

一是目前我們常見新公司開幕，吸引觀眾、顧客的手法，往往是從上邊樓層窗口，遍散小額金錢紅包，樓下觀眾拾掇爭取，以為笑樂，惠而少費，較之刊登大幅廣告之巨大費用，不啻小巫見大巫，而此種手法，實由唐興，讀者何妨於顧詩宮詞其四末句：「萬人樓下拾金錢」，可知余言之不謬也。

《中國文學家列傳》載：顧況，至德二年天子幸蜀，江東侍郎李進下進士，善為歌詩，性詼諧，不修檢操。雖王公之貴，與之交者必戲侮之。然以嘲誚能文，人多狎之。初為韓滉判官，德宗時柳渾輔政，以校書郎徵，復遇李泌繼入，自謂已知秉樞當得達官，久之方遷著作郎，況心不樂求歸於吳，而班列群官咸有侮玩之目，皆惡嫉之，及泌卒不哭，而有調笑之言，為憲司所劾，貶饒州司戶，遂全家去隱茅山。暮年一子即亡，追悼哀切，其年又生子名非熊，三歲，始言在溟漠中聞父吟苦，不忍，乃來復生。非熊後及第，自長安歸，已不知況所在。

綜況之一生，突兀離奇，亦唐詩人中之僅見。

19. 夜上受降城聞笛

李 益

迴樂峰前沙似雪，受降城外月如霜；
不知何處吹蘆管，一夜征人盡望鄉。

本篇像似七律詩的後半截，因為前兩句正如律詩腹聯，有所切對的形態。和（一七）征人怨一二兩句、三四兩句皆為切對，具成絕詩中的「變體」。其實，本篇和柳詩，又何嘗不是涼州詞內涵的同調，同為征人太息而詠呢！

《唐書・張仁愿傳》稱：神龍三年，仁愿領朔方軍，乘賊回師之際，在黃河北岸暗中尾隨，賊軍渡河之際，加以襲擊，使賊猝不及防，多遭掩殺，慘敗而逃，這才在黃河沿岸一帶，築成三座城池，連為一線，構成防禦網，相互呼應，號為「受降城」，此城以拂雲祠為中城，其東、西兩城，各距中城四百里，以使八百里黃河沿岸，有所屏幛。而在三城之間，設置了一千八百座烽火臺。由於沙漠地帶，一片平曠，故以黃土堆高為臺，留兵士三五人守此，登高遠望，四境動態，清晰可見，一旦見有侵犯者來犯動靜，立刻舉火為號，遂使附近的烽火臺警覺，同時舉火，警動受降城，立刻加以行動。傳載，烽火臺舉火的燃料，乃是大漠中野狼糞便乾燥後，搜集燃點，漠野狼群甚多，糞便隨處可見，予取予求，利用狼糞燃點煙大火旺，即若干文中所指的「狼煙四起」。

迴樂峰或有寫回樂峰的，其實便是唐書李傳中所指的拂雲祠，在今綏遠境內，內蒙古的烏喇特旗以西，在黃河北岸，號為中受降城。東受降城也在綏遠境內，托克托縣以西，靠近黃河東岸，西受降城在綏遠鄂爾多斯右邊後旗西北角，靠近黃河北岸，詩中所指的迴樂峰，受降城，皆實有其地，並非虛擬。

《漢書》中指出：武帝時，御史大夫韓安國奏稱：匈奴，輕疾之兵也，至如飆風，去如流電，居處無常，難得而制，今將卷甲輕騎，深入長驅，從行則迫脅；橫行則中絕；徐行則後利；疾行則糧絕，難以為功。

漢、唐之際，深受匈奴荼毒。雖然，漢武帝時曾以大軍輕騎掩襲，以使匈奴不敢再犯，然僅一時耳！為著生活上迫切需求，匈奴的內侵，敢鋌而走險，亦屬出於無奈。是以防禦上，必須時刻保持警覺，形成人力、物力上的大量消耗，又別無良策因應，這才有著唐人徹底解決的圍堵之舉，所費雖然更巨，卻能使此患消於無形，產生嚇阻作用。可是，縱然是守禦，在人力、物力的消費上，也是一項沈重負擔，這些來自中原的少壯子兵，處身於黃沙撲面，生活苦悶的烈日酷暑下，無可奈何，無法怨訴，除了吹蘆管，消遣一時外，又能做什麼。停在一旁的戰友們，聽到蘆管聲的感受，也不難想像了！

據說：他抄寫從軍詩給盧景亮時，曾有一段序文，作為詩的並序，文中指出：他在軍中時，常常看到塞上士兵的艱苦情景，及軍中宴飲作樂的豪情逸致，成了鮮明對比，深多感觸，認為朝廷聲威遠播，受降城、烽火臺，浪費許多人的青春生命，這種不切實際的事功，徒然害苦全國人民罷了！故有此詠的。

《唐詩概論》書中指出：唐時詩人多從軍，親歷至邊塞，所以戰爭和邊塞作品中，另具一種異國情調，我們現在詩中所看見的：回樂峰、受降、天山、陰山、臨洮、青海、瀚海、劍河、宮河、輪台、疏勒、吐谷渾，都是邊塞地名；看見：胡笳、觱篥、穹廬、野帳、琵琶、羌笛、胡姬、老胡、虜騎、單于、月支，都是外國人的器用物件；看見：黃沙、白草、雪山、關月、長雲、大漠，種種沙漠景色，便知唐代民族勢力向外發展，與文學的關係。有人說唐人詠邊塞，多捕風捉影之談，又有人說，他們對戰爭，無論是歌頌或詛咒，只是詩人筆下的理想，放言高論，並無實際生活的反映，所以都缺乏深刻，這都是沒有將當時政治社會背景，考查清楚的自以為是，不足輕信。

本篇作者李益，字君虞，姑藏人，大曆四年進士，太和初以禮部尚書致仕卒。擅長於歌詩，貞元末與李賀齊名，號稱二李，在大曆十才子之列，每作一篇，教坊樂人以賂求取為供奉歌辭。少年時北遊河朔、幽州，為劉濟從事，所以長於邊塞詩之作，本篇則為明清兩代論家指成唐人七絕壓卷作十一首，其中之一，可見此詩之受重。

前指，他的從軍北征詩，傳係贈劉濟之作，當時並無前序，礙於劉為其長官，見微知著，自不必贅語，待抄給盧景亮時，始增序前言，原詩是：

天山雪後海風寒，橫笛偏吹行路難；
磧裏征人三十萬，一時回首月中看。

若有人指唐人詩多捕風捉影，不辯自明矣！

20. 烏衣巷

朱雀橋邊野草花，烏衣巷口夕陽斜；
舊時王謝堂前燕，飛入尋常百姓家。

劉禹錫

《唐代詩學》書中指出：唐代為權威社會，斯時民族異常複雜，由各種族融合，在中國文化上極有光彩。蓋自東晉到隋代，皆南北對立。如王、謝世家，不僅門閥高於一切，其通婚習慣，雖皇帝亦不能制止。王氏為瑯琊人，謝氏為陽夏人，均為北人遷居南方。當時南人稱北人為索虜，北人呼南人為島夷。王謝通婚蓋保存北方種族關係。

司馬炎承其祖懿，父昭之雄武，篡魏而自立，改國號晉，是為晉武帝，凜於魏之篡漢，緣自兵權旁落曹操之手，遂其篡漢而魏；司馬懿既掌魏兵權，依樣葫蘆，始有晉之立國。前車可鑑，兵權悉掌於同族宗親兄弟子姪之手，始與八王之亂，鬩墻無已，導致五胡亂華，產生十六國的各自為雄。惟在晉之皇室中，以司馬叡慎謀遠慮，深具遠略，得王導之謀，求出鎮建康，底定南疆，做有計劃的王室東遷，成為北方南遷的大族，並支持前期的東晉政府。而淝水之戰的勝利，全是謝氏一族的汗馬功勞。王謝兩氏在東晉時的喧赫，炙手可熱，是想像得到的。不僅門第高華，閥閱顯耀，高人一等，通婚、往來，非皇親國戚，名門貴族不與焉。傳聞晉元帝之近臣，有欲娶王、謝女為媳，懇求皇上玉成，元帝則以王謝門第高，可於他族求之而婉拒。足徵當時氏族階級的分野，十分嚴格。這便是本篇末句之暗示，王謝並非當時尋常百姓也。

《世說新語．賢媛第十九》載：

周浚作安東時，行獵值暴雨，過汝南李氏，李氏富足，而男子不在，有女名絡秀，聞外有貴人，與一婢於內宰豬羊，作數十人飲食，事事精辦，不聞有人聲。密覘之，獨見一女子，狀貌非常，浚因求為妾，父兄不許。絡秀曰：門戶殄瘁，何惜一女，若連姻貴族，將來或大益，父兄從之，遂生伯仁兄弟。絡秀語伯仁等：我所以屈節為汝家作妾，門戶計耳，汝若不與吾家作親親者，吾亦不惜餘年，伯仁等悉從命。由此，李氏在世方幅齒遇。

李絡秀為爭取氏族之躋身世族，不惜屈為人妾，終於如願以償，數十年之經營，並未白費，用心亦云苦矣，而當時世族之受重，亦可知矣！

論家指出：禹錫與白居易齊名，時稱劉白，晚年與白居易善，時相唱和。白對他極為佩服，譽之為「詩豪」，謂其鋒森然少敢當者。其作品以七絕最精妙，中唐詩人唯李益可與媲美。其佳作當舉金陵五題，即：石頭城、烏衣巷、臺城、生公講堂、江令宅等。

明清兩代論詩家，推舉唐人七絕詩壓卷之十一首中，劉之〈石頭城〉赫然在焉，本篇卻不在十一首之列，將於本篇後，賡列石頭城篇，藉供欣賞，而免查閱之煩。

其實，感慨、即景之作，多屬即景生情，即興有詠，然而，劉之〈金陵五題〉，乃是規憮他人之作，字句重組而成，並非親歷、體驗而成。屬於唐人七絕詩中之奇葩，尤其難能。按，《全唐詩》載劉金陵五題，並序云：

> 余少為江南客，而未遊秣陵，嘗有遺恨，後為歷陽守，跂而望之。適有客以金陵五題相示，逌爾生思，欻然有得。他日友人白樂天掉頭苦吟，歎賞良久，且曰：石頭詩云，潮打空城寂寞回，吾知後之詩人，不復措辭矣！餘四韻雖不及此，亦不孤樂天之言耳！

首題：石題城，將於本篇後，一併縷敘。

次題：烏衣巷，即本篇是

三題：臺　城

臺城六代競豪華，　結綺臨春事最奢；

萬戶千門成野草，只緣一曲後庭花。

四題：生公講堂

生公說法鬼神聽，身後空堂夜不扃；

高坐寂寥塵漠漠，一方明月可中庭。

五題：江令宅

南朝詞臣北朝客，歸來唯見秦淮碧；

池臺竹樹三畝餘，至今人道江家宅。

五題並序中，所指秣陵便是南京的古稱，為秦代所置，厥後漢、晉、吳、東晉、宋、齊、梁、陳因之。宋時仍未改，迨至隋代始廢諸。

《建康志》稱：秣陵縣更置凡六，秦改金陵為秣陵，在舊江寧縣東南，秣陵橋東北。晉太康初，復以建業為秣陵。義熙中移於門場柏社，在江寧縣東南，古丹陽郡是也。元熙初又移治揚州參軍廨。在宮城南小長干巷內，梁末齊兵軍於秣陵故治，跨淮立柵，當是其地，景德二年置秣陵鎮，在今江寧縣東南。

閒話休提，現在回到本詩的內容。

清代原見唐詩三百首木刻本中，指「烏衣巷」據一統志載，在應天府南，晉、王導、謝安居此，其子弟皆烏衣，故名。而《唐詩集解》轉述吳景旭據丹陽記之指，烏衣之起，吳時烏衣營處所也。江左初立，瑯琊諸王所居。輿地志云，晉時王導自立烏衣宅。世說新語中有王導言說：吾角巾逕還烏衣。而金陵舊事書中，有謝鯤與族子靈運、瞻曜、洪微，並以文義賞會，居在烏衣巷，謂之烏衣游。鯤有詩，句云：昔為烏衣游，戚戚皆子姪。其實管窺以為，烏衣巷乃三國時，吳軍進駐之地，兵丁皆衣皂，在今日國劇中常見，兵丁往來出入頻繁，指巷曰烏衣，乃是實情。東晉時王導建居住府地，選用此址，其名不改，亦屬常情。指王、謝子弟皆烏衣，豈是常情？總之，以烏衣巷指是王導或王謝所命名，是不公道的。何況，烏衣並非頌贊吉辭，亦無可存心命此也。倘謂其子弟皆烏衣而名，王導及謝鯤詩中，尤不應有此坐名之詠也。

初選唐詩三百首木刻本中，據一統志載：

朱雀門，在烏衣巷口，《六朝事跡》稱；晉咸康二年，作朱雀門。新立朱雀浮航，在縣城東南四里，對朱雀門南渡淮水亦名。

《唐詩集解》稱：朱雀橋在江蘇江寧縣南，為六朝時都城正南門外之大橋。《方輿記要》謂今聚寶門之鎮淮橋，即其故址。按古之帝都，往往有此命名故事。

《三輔黃圖》：蒼龍、白虎、朱雀、玄武，天之四靈，以正四方。

蒼龍乃東方七宿：角、亢、氐、房、心、尾、箕總稱。

白虎乃西方七宿：奎、婁、胃、昴、畢、觜、參總稱。

朱雀乃南方七宿：井、鬼、柳、星、張、翼、軫總稱。

玄武乃北方七宿：斗、牛、女、虛、危、室、壁總稱。

是以帝都之東門曰蒼龍門、西門曰白虎門、南門曰朱雀門、北門曰玄武門，良有以也。

此詩中所指朱雀橋，實即東晉帝都建康南門，朱雀門外之大橋也。

唐汝珣曰：此詩歎金陵之廢也。朱雀、烏衣，並佳麗之地，今惟有野草閒花、夕陽殘照，豈復有王謝堂乎。不言王謝堂為百姓家，而借言於燕，正詩人託興玄妙處。

燕子是候鳥，春來秋去，多築窠棲息於江南大戶人家，南向客廳的橫樑柱上，棲息生雛燕，俟秋來天氣寒涼，再徙之南移，非華堂大廈之樑屋不棲。而此指之華堂大廈，允非尋常百姓人家所，有故云耳！

此詠到此，似可告一段落，然而：

《青瑣摭遺》曰：王榭、金陵人，一日海中失船，泛一木登岸，見一翁一嫗，皆衣皂。乃烏衣國也。以女妻之，榭思歸，復乘雲軒泛海，至其家，有二燕棲樑上，榭召止臂上，書小紙繫其尾，曰：誤到華胥國裏來，主人終日苦憐才，雲軒飄去無消息，淚灑臨風幾百回。來春燕又飛榭身上，有詩云：

昔日相逢真數合，　如今睽違是生離；
來春縱有相思字，　三月天南無雁飛。

因目榭所居為烏衣巷，劉禹錫有詩云云。

牽強附會，把王、謝遽改稱王榭，指為一人姓名，異想天開，其實也正是庸人自擾耳！談不上意趣，更毫無文學價值。但既是瑣談本篇，似又不能忽略這「多此一舉」的胡扯，因為在若干詩篇注釋中，皆可以看到此載。

令人不解的是，在劉五詠並序中已明白指出，白居易氏對石頭城篇的激賞，蘅塘退士獨持己見，捨石頭城篇，用烏衣巷篇，正違反了詩論家一致的意旨，令人惋惜。為匡救此失，遂於本篇末，附載〈石頭城〉之縷敘，而免遺珠之憾。〈石頭城〉詩云：

山圍故國週遭在，潮打空城寂寞回；
淮水東邊舊時月，夜深還過女墻來。

宋・陸放翁評謂：石頭山雖不甚高，但峭然聳立江中，繚繞為垣牆，為六朝重鎮，今則城空寂寥，祇有明月不異往時，但昔日繁華，而今又安在哉！

眾口一詞，對石頭城產生無限懷感。以吳、東晉、宋、齊、梁、陳，乃至隋代的笙歌宴舞，極盛於時，如今卻落得人去樓空，繁華褪盡，由極盛乃至極衰，卻輕描淡寫地以「潮打空城寂寞回」，一筆帶過，產生的有餘不盡之思，又將如何耶！故云此詩貴重，非偶然也。

崔豹《古今注》云：女墻、城上小墻也，亦名睥睨。言於牆上睥睨人也。

21. 春　詞

劉禹錫

新粧宜面下朱樓，深鎖春光一院愁；
行到中庭數花朵，蜻蜓飛上玉搔頭。

玉搔頭、乃名門閨秀打扮頭飾需用。所謂搔頭，是用來搔除頭上髮際癢處，用玉磨成類似今日扦插蛋糕小叉而稍長，一端有二支或三支尖頭小桿，一端則雕刻成鳳凰、鴛鴦等立體形象，便利在使用時，持著插在髮髻上，可以增加華麗，有風姿綽約之美。

一般註解書中，指此為宮辭之屬，詩詠對象為宮女、宮妃，重點落在「鎖」字上，認為宮女所居，深居內院，為嚴防閒人出入，宮門多上鎖，以此推論，確定是宮妃無疑。真是強作解人，誤人實深。果以此論，試問眉頭深鎖的鎖字，又將當作何解？其實，此深鎖春光，純屬寂、靜所指。此為劉抒情詩中之健者，通篇祇是一個「靜」字，毋怪乎白居易敘其詩曰：彭城劉夢得，詩豪者也，其鋒森然少敢當者。可見其受重。即以本篇而論，婦人之貴盛者，出房門之前，總得刻意化粧一番。而宜面云云，正形容出化粧工夫，一切講求「適宜」，如何才能顯現出嬌豔光彩，煥發容光，恰到好處之意。宜面一詞，簡潔而內涵深厚，讀者何妨加以體會。文章重修辭，詩則更甚，蓋詩受限於字數鐵定，如何使辭能達意，更加需要從修辭講究了！

試想一位貴婦人，閒極無聊，不忍辜負此明媚春光，下樓來走走。然而縱使春色無邊，也無法引起她的興致。只好在花叢裏數花朵來散心了。悄無聲息，靜得出奇，反而又引起蜻蜓誤會，貴婦頭飾玉搔頭，所雕琢的花鳥，是否實物，不由得也想在她髮際棲止，看個究竟，如此的靜悄，不愁何待？

唐詩三百首，七絕選中，有關閨情、閨怨的詩，數量不少，似乎各就其心態，有以白描，怨訴自見。惟有本篇，不怨不激，別有一番旨趣，而閨怨之情，意在言外，可謂出類拔萃，信非偶然。

《詩人玉屑》轉述《呂氏童蒙訓》說：蘇子由晚年，要求學童們，多讀劉禹錫詩，認為他的詩，意旨深遠，曲折處，會使人想像不到。蘇子由就是東坡乃弟，他所說的，乃是經驗體會所得之言，不由人不信，即以本篇而論，正是一例。

也許是我的「野人獻曝」，日前曾見陶淵明先生之作〈怨詩楚詞〉篇中有一段：

炎火屢焚如，螟域恣中田。風雨縱橫至，牧斂不盈廛。
夏日長抱飢，寒夜無被眠。造夕思雞鳴，及晨願鳥遷。

把自己的怨訴，一洩於詞中，日子難挨，早上起來便希望日子過得快些，早點黑天。但一到晚上，卻又十分矛盾地，盼望漫漫長夜，快些消失。詞中表達此一心曲，僅用：「造夕思雞鳴，及晨願鳥遷。」設辭、造句，得未曾有，令人歎服。造夕思雞鳴者，雄雞早上才會喔喔啼，夕陽落山，天色已晚，思念雞鳴，豈不是盼望早點天明，成為白天麼？及晨願鳥遷者，鳥兒白天都是飛翔在外，棲息、覓食，入晚才回到窠內，故又盼早點黑天。時日難挨，怨不涉噪，苟非文學修養高超，曷亟至此。

談起以文字科罪，古今不乏先例。漢楊惲以投孫會宗書獲罪，宋蘇軾有烏臺詩案，明高啟以改修府治上樑文被腰斬，滿人對漢人，大興文字獄，既繁且酷，死傷慘烈。唐雖無文字獄之說，然劉則亦以王叔文用事引入禁中，叔文敗，坐貶連州刺史，在道貶朗州司馬，十餘年召還將置之郎署。禹錫至京有戲贈看花諸君子，詩云：

紫陌紅塵拂面來，　無人不道看花回；
玄都觀裏桃千樹，　盡是劉郎去後栽。

詩涉譏忿執政不悅。改出刺播州，裴度以母老為言，改連州，徙夔和二州，久之徵入為主客郎中，又有：「重遊玄都觀」詆毀執政，詩及並序，云：

余正元廿一年，為屯田員外郎時，此觀未有花，是歲出牧連州，貶朗州司馬，居十年召至京師，人人皆言，有道士手植仙桃滿觀如紅霞，遂有前篇以誌一時之事。因再題廿八字，以俟後遊。時太和二月三日也。詩云：

百畝庭中半是苔，　桃花落盡菜花開；
種桃道士歸何處，　前度劉郎今獨來。

一時權貴益薄其行，仍因裴薦，為集賢直學士。後出為蘇州、汝州及同州刺史，會昌時加檢校禮部尚書，卒年七十二。恃才而廢，後世惜之。

22. 宮　詞

白居易

淚盡羅巾夢不成，夜深前殿按歌聲；
紅顏未老恩先斷，斜倚薰籠坐到明。

《唐詩三百首詳析》將本篇題改寫成宮中詞，多置一中字插入，認與王昌齡、劉方平、顧況及劉禹錫等類似之作有別，反而與朱慶餘詞相似，稍覺顯露欠蘊藉，各有解析之宜，未可厚非，然遽改原題，終欠公道，無此必要。反而是近人黃永武先生，於其導讀文中指出：

誦讀唐詩三百首，最先享受到的，當然是藝術美的領略。每首詩都有美好的佈局與修辭，以及聲義二者的融合。我們讀它，由娛目、悅耳、動心，從而領略它的美。試以白氏宮詞以言，全詩寫失寵的哀愁。但首句用羅巾濕透後，貼在臉龐的觸覺去寫；次句用前殿傳來歌聲節拍的聽覺去寫；第三句用鏡裡紅顏未老的視覺去寫；末句用薰籠散發煙香的嗅覺去寫，各種被驚醒不眠的感官刺激，生動地將夜夜挨到天明的冷暖酸苦，具體地傳達出來，令人感同身受。進而言之，宮詞雖專指宮女們失寵的心理狀態，其實也是婦女們，普遍沒有安全感的代表，在古代非僅宮女仰仗皇帝個人的好惡，就是士大夫也常常自比妾婦，仰仗君子的愛顧，官位不亨達，托宮詞以寄怨的也很多，所以宮詞，實在也觸及了古代讀書人普遍的心結，好詩總會在某種涵意上，具有普遍性。有才無命，與紅顏薄命相似。因而「紅顏未老恩先斷」與「出師未捷身先死」一樣，會令普天下有情男女為之一慟。古典詩宮詞數量之多，絕不是喜歡將別人的痛苦，作為自己吟弄欣賞的材料。實在是觸及社會制度、政治結構、基本象徵與命運無奈的種種緣故。

黃先生的導讀，與朱先生的指導大概，都是對三百首詩選論斷重鎮，值得我們的深思熟慮。和詳析的就詩句發揮，真是如出一轍朱的詳析云：

本篇也是代宮人所作的怨詞，首句寫垂淚不寐，何等寂寞，次句寫前殿歌聲，又何等熱鬧，同是夜深，而一靜一喧，判若天淵，那得不哭，三句直截說出正意，怨之至矣！四句仍以「坐到明」和「夢不成」相呼應，斜倚薰籠取暖，又和夜深有關，此詩和前幾首詩比較，覺得太顯露，不十分蘊藉，可見各人作風，各有不同之處。然而詳析的批論，不免有些武斷。從黃之讜論，回顧白詩吟玩性情，頗得閒適之趣也。

《唐代詩學》指出：白之為人，胸懷廣闊，行為瀟灑。在政治上周旋，氣節縱橫，以為民瘼，作官以諷諫為旨趣。以「意在諷賦，箴時之病，補政之缺」。及此類詩流傳禁中，皇帝（按，指憲宗）即拜為左拾遺，在朝論政，必情辭切至。《新唐書》謂白氏後對殿中，論執強硬，帝未諭，輒進曰，陛下誤矣！帝變色罷，謂李絳曰：白居易小子，是朕拔擢致名位，而無禮於朕，朕實難奈。後雖被貶，仍上書言事，其精神壯健，自謂：進退出處，何往而不自得哉！

果如黃先生導讀，後段所指，並引伸宮詞之內涵，作為失意官場之暗諷，則白氏本篇之作，何嘗不足以附會成為自怨？則詳析之指為太顯露，不攻自破矣！

《詩品》敘稱：使窮賤易安，幽居靡悶，莫尚於詩矣！歐陽修云：詩窮而後工。自漢魏至元和詩人，多為己而作，白居易出，則主為人作。蓋其生於安史亂後，民生凋敝，外則藩鎮、節度之大權在握；內則官、宦之朋比為奸。白於元和三年作左拾遺，負朝廷言責，年才三十七歲，直說維艱，故其主要作品，皆出現在四十歲左右，自言：文章合為時而成；詩歌合為事而作。然宋人蘇東坡，謂長慶時詩壇：元輕、白俗，實則白詩之俗，即其大用，其詩作主旨，可由其〈與唐生詩〉中窺之。詩曰：

非求官律高，　不務文字奇；
但歌生民苦，　願得天子知。

其詩在當時，流行全國，享名極盛。甚至雞林國賈人，專至中國販賣白詩。故元稹在為《白居易詩集》作序時，指出：

二十年間，禁首、觀寺、郵候牆壁之上無不書；王公、妾婦、牛童、馬走之口無不道。至於繕寫模勒於市井，或持之以交酒茗者處處皆是。而居易本人也言道：至長安抵江西三四千里，凡鄉校、佛寺、逆旅行舟之中，往往有題僕詩者。足見他在身前即已享重名，不像大部分作者，身後才能為人所賞賜，可與之比擬了！

果然，在他與唐生詩的末句，願得天子知，此心許沒有空廢，會昌六年，白氏以七十五歲高壽與世長辭時，即位的天子，宣宗皇帝，聞此噩耗，御製詩以賜輓，詩云：

綴玉聯珠六十年，誰教冥路作詩仙。
浮雲不繫名居易，造化無為字樂天。
童子解吟長恨曲，胡兒能唱琵琶篇。
文章已滿行人耳，一度思鄉一愴然。

能得當朝天子御輓，已屬難能。全力褒揚，尤其可貴，也正是詩壇一大珍聞。至於〈長恨歌〉七古，乃是一首長七言四十句，凡二百八十言，成於其在三十八歲時，詠歎玄宗寵幸楊貴妃情事始末，重點則落在「重色思傾國」五字，用以警戒帝王，不可妄思妄動，重色而傾國，傾國生遺恨，造成安祿山叛反，明皇幸蜀，不啻是為史詩。詩既長，且有為玄宗隱諱處，如：楊家有女初長成，養在深閨人未識，便是謊言。當時楊玉環已是玄宗子，壽王李瑁的正妻，既是壽王妃，將兒媳據為己有，亂倫醜行，頗有損於此詩的正確性。

朱自清先生在指導大概中所指未見於三百首選七絕壓卷作，其中一首即：

華清宮　　**杜　常**

行盡江南數十里，　曉星殘月入華清；
朝元閣上西風急，　都入長楊作雨聲。

此詩之佳勝，為明、清兩代詩論家，譽為七絕壓卷作，十一首中的一首，頗出人意表，甚至一般讀者，曾未見有此詩，更不悉作者誰何。值得在此加以縷敘。

唐天寶六年，改溫泉宮為華清宮，治湯井名華清池，在今陝西臨潼縣南驪山上。

《全唐詩》卷七三一集，存錄此詩，云係唐末詩人杜常之作，既無作者之簡介，僅載此七絕一首而已。經追蹤查考，始於《中國人名大辭典》四六五頁，見載：

杜常、衛州人，字正甫，宋・昭憲太后族孫。折節學問，無戚里氣習，嘗跨驢讀書，不覺觸桑木而墮，登進士第，累官工部尚書，崇寧中以龍圖閣學士知河陽軍，會苦旱，及境而雨。大河決，常親護役，郡賴以安。

由是觀之，杜常出生於唐代末造，詩成或謂在於斯時，惟彼之作為，悉見於宋代，且又係皇親，其詩不為唐重，理在情中，時亂年荒，兵戎不息，已非評詩論道時刻。但自宋興，及明清兩代，詩之論家，本其客觀環境，有以評介，亦人情之長，無可厚非。唐人未及重此，自有其內在因素及外在環境也。

拙見以為，本篇之所以受重，目為警策，實緣於此作，不媿為〈長恨歌〉之縮影，一切盡於有意無意中，盡情發洩，辭簡而意切，將歌中二百八十言，濃縮成二十八言，係原詩十分之一，餘音繚繞，且無累贅及不實之辭，所以可貴，試以白、杜兩詩相比擬：

杜：華清宮

白：春寒賜浴華清池，　溫泉水滑洗凝脂

用詩題替代詠詩之內涵

杜：曉星殘月入華清

白：夕殿螢飛思悄然，　孤燈挑盡未成眠。

遲遲鐘鼓初長夜，　耿耿星河欲曙天。

用曉星、殘月來概括，省便多多，且情思綿綿，若隱若現，較白句直率為貴。

杜：朝元閣上西風急，

白：翠華搖搖行復止，　西出都門百餘里。

　六軍不發無奈何，　宛轉蛾眉馬前死。

又：西宮南內多秋草，　落葉滿階紅不掃。

　梨園子弟白髮新，　椒房阿監青蛾老。

按，朝元閣據查，係驪山中之閣亭名，玄宗與貴妃曾經於此閣稍憩一時，杜詩中所指「西」風急云云，側重在此一「西」字上，無限感慨，加以統納。為之扼腕三歎。

杜：都入長楊作雨聲。

白：承歡侍宴無閒景，　春從春遊夜專夜。

　後宮佳麗三千人，　三千寵愛在一身。

又：歸來池苑皆依舊，　太液芙蓉未央柳。

　芙蓉如面柳如眉，　對此如何不淚垂。

又：風吹仙袂飄飄舉，　猶似霓裳羽衣舞。

　玉容寂寞淚闌干，　梨花一枝春帶雨。

往事已成空，毋待細訴，楊柳、落花，如此而已！

杜：行盡江南數千里。

又：九重城闕煙塵生，　千乘萬騎西南行。

翠華搖搖行復止，　西出都門百餘里。

如此這般，可見杜此七絕所包者廣，意在辭中，令人低迴，目為妙絕。譽為唐七絕壓卷十一首之一。信而有徵。

23. 贈內人

張祜

禁門宮樹月痕過，媚目惟看宿鷺窠；
斜拔玉釵燈影畔，剔開紅焰救飛蛾。

朱光潛《詩論》認為：每首詩都自成一種境界，無論是作者或是讀者，在心領神會一首好詩時，都必有一幅畫境，或是一幕戲景，很新鮮生動地突現於眼前，使神魂為之鈎攝，若驚若喜，霎時無暇旁顧。彷彿這小天地中，有獨立自足之樂，此外，偌大乾坤宇宙，以及個人生活中，一切憎愛悲喜，都在這一霎時，如煙雲消失了！純粹詩的心情，是凝神注視，心所觀境，是孤立絕緣，心與所觀境，如魚戲水，忻合無間。

用上述釋述來說明本篇，似乎「於我心有戚戚焉」。

本篇極寫夜靜無聊，斯人之心態，剔燈有待，自傷身世之悲涼，作此以發洩者。

然而，問題首先出在篇題上：《教坊記》謂：伎人入宜春院，稱為內人，換句話說，內人實係歌妓的別稱。可是自來習稱帝王宮中的女侍，為大內中人，簡稱為中人，或為內人，而中人之稱較為特殊，內人之稱十分普通。時至今日，介紹自己妻子，和朋友見晤時，都謙稱為內人、內子，甚或賤內。如此這般，一個題目有三種以上解釋，所指的對象各異，並不多見。但在唐詩三百首詳析書中，則解釋成：內人即宮人。作者為何要作詩贈宮人，無索解矣！

至於，「飛蛾撲火」原係一成語。

《梁書・到溉傳》：研磨墨以騰文，筆飛毫以書信。如飛蛾之赴火，豈焚身之可卻。有自取滅亡之意。

《元曲・瀟湘雨》：他走了我一向尋他不著，他今日自來投到，豈不是飛蛾撲火自討死。

〈謝金吾〉：我已曾著住楊景、焦贊兩個，正是飛蛾投火，不怕他不死在手裏。同樣一句話，有：飛蛾撲火、飛蛾投火兩種寫法。唐在梁後、元前，是則此詞援用八百年之久，依然膾炙人口，而祜能詠於詩中，可謂獨得會心一粲也。

張祜的生卒年月，和生平事蹟，都欠確實記載，祇說是生於德宗貞元初，卒於宣宗大中間，活了六十多歲。早年多有齊、梁宮體絕句之作，所詠音樂、歌舞，記敘遊旅風光，抒描開元、天寶宮中遺聞逸事，盛極一時，相傳他有五言宮詞一首：

故國三千里，深宮二十年；
一聲河滿子，雙淚落君前。

寫盡一個宮女，從三千里外，被選入宮禁，一晃已有二十年，在新流行的「河滿子」歌唱中，悠悠渡過。不禁熱淚盈眶。僅此二十字，刻劃出此宮女一生歌舞生涯，扣人心弦，賺人熱淚。既是他的成名之作，卻也造成元稹的藉口，禍福無門，惟自召耳！

皮日休曾慨歎地指出，祜作宮體小詩，辭曲艷發。當時輕薄文人，十分欣賞，交相推許，得以才名大噪。待至年稍長，詩的風格為之改變，體近建安諸子，短章大篇，滲雜而出，諷諫、幽怨，六義盡陳，善命題、求意境。惜以元稹怨才，入朝受阻，推介至諸侯府，礙於個性狷介，不能容物，只好自求罷去。由於曲阿，古澹樸質，有南朝遺風，遂落籍居之。

祜性簡約，尤喜水、石之勝，往往刻意經營。自南海罷職回家，將羅浮石筍，費千辛萬苦之力，載返佈置，自得其趣，歸來後，不事生產，不買良田，不置產業。坐食山空，至其死後不到二十年，家無擔石，家人遭受凍餒之苦，日食不給，使人為其身後之不幸，感傷無已！

死後二十多年，他的後輩顏萱，前往丹陽張的舊居一帶訪問，其生前舊居已屬他人，遺存寡妾崔氏，蹴居於附側矮棚，至其所生四子一女，三子均亡故，僅剩一子，外出謀生自全，一女已嫁，使顏之造訪，不勝唏噓。張之不幸，又何獨為之浩歎而已！

張祜的詩，頗有和崔顥相似處，卻也深受杜牧的賞識，《唐詩紀事》載：杜牧任秋浦太守時，與祜同遊，酷愛吟唱祜的宮詞，曾有詩譽云：

睫在眼前人不見，道超身外更何求；
誰人得似張公子，千首詩輕萬戶侯。

至於他受元稹輕詆，祇緣於張祜詩名，超乎元稹。是以杜牧尤其為感不平，激於義憤，遂有〈酬張祜〉詩云：

七子論詩誰似公，曹劉曾在指揮中。
蘼衡昔日知文舉，乞火無人作蒯通。
北極樓臺長掛夢，西江波浪遠吞空。
可憐故國三千里，虛唱歌詞滿六宮。

末兩句則指其五言成名宮詞也。杜詩可為張一吐抑鬱。為之叫絕！

24.集靈臺（其一）

張祜

日光斜照集靈臺，紅樹花迎曉露開；
昨夜上皇新授籙，太真含笑入簾來。

《詩論・第二章》在詩與諧隱篇指出：詼諧有悲、喜之別，豁達者的詼諧，稱為「悲劇的詼諧」，出發點是情感，而聽者受感動，也以情感。滑稽者的詼諧，稱為「喜劇的詼諧」，出發點是理智，而聽者受感動，也以理智，這種分類對詩的瞭解很重要，大概喜劇的詼諧易為，亦易欣賞，悲劇的詼諧難為，亦難欣賞。例如李商隱的〈龍池〉：

龍池賜酒敞雲屏，羯鼓聲高眾樂停；
夜半宴歸宮漏永，薛王沈醉壽王醒。

譏嘲壽王的楊妃，被父王明皇奪去，他在御宴中，喝不下酒，宴後他的兄弟，喝得醉醺醺，他一個人卻仍是醒著，懷著滿肚子心事走回去，這首詩的詼諧，可稱委婉俏皮，極滑稽之能事，但我們如果稍加玩味，就可以看出它的出發點是理智，沒有深情在裏面，我們覺得它是聰明人的聰明話，受它感動也是在理智方面，如果情感發生，反而覺得是把悲劇看成喜劇，未免有些輕薄。

朱光潛先生所指，剖析分明，讀者似宜三復之。至於李商隱此詩，仍有詮釋必要，權先加簽註之。

按，唐玄宗李隆基為唐第六代帝王，共有子女各三十，子：琮封慶王、瑛為太子、亨為肅宗、琰封棣王、瑤封鄂王、琬封榮王、琚封光王、一封夏王、璲封儀王、璬封穎王、敏封懷王、璘封永王、瑁封壽王、玢封延王，等等，諸子俱封王。至於薛王，乃睿宗六子之一，憲封寧王、撝封申王、隆基即明皇玄宗，範封歧王、業封薛王、悌封隋王。換言之薛王李業乃壽王李瑁的五叔，兩人皆嗜酒，年又相若常會飲。商隱之敘，仍宜從《新唐書》卷七十六・列傳第一・后妃上篇末節敘楊貴妃云：

玄宗貴妃楊氏，隋・梁郡通守汪四世孫，徙籍蒲州，遂為永樂人，幼孤，養叔父家，始為壽王妃。開元二十四年武惠妃薨，後廷無常帝意者，或言妃姿質天挺，宜充掖廷，遂召內禁中，異之，即以自出妃意者，丐籍女官，號「太真」，更為壽王聘韋昭訓女，而太真得幸。善歌舞，帝大悅，遂專房宴，天寶初，進冊貴妃。

唐代帝王，雖系出胡族，不談漢族倫理，然納親子之婦為妻，終嫌不雅。況又是一國之尊？不得已，始先送壽王妃為女冠，號太真，作為緩衝，奇之又奇。史書中少見。

《元和志》：天寶六年，改溫泉宮為華清宮，又造長生殿，名為集靈臺以祀神。按臺之故址，在今陝西臨潼縣驪山上。

論家指出：集靈臺乃是張祜宮詞詩中的力作。首先是明皇欲掩天下人耳目，以道教為國教的傳統下，將所達成的「長生殿」改成「集靈臺」，作為宮中專用之道觀。遣壽王妃楊玉環入觀為道姑，賜道號「太真」，通篇詩章中，「尊」與「敬」全失。譬如：首句的「斜照」已存不「正」，「紅花」「曉露」豈可與莊嚴之集靈臺，相提並論，至於「授籙」，則有：

《魏書・釋老志》：寇謙之奏曰：陛下以真君御世，應登受符書，以彰聖德。世祖從之，於是親至道壇受符籙。

其實本篇乃是玄宗被尊為太上皇，卻為李輔國所惡，矯旨遷至西內的荒殿，也便是長恨歌中所指的「西宮南內多秋草」處。太上皇依舊思念昔日歡娛，這才受符籙，作法找到太真倩影，如願以償的詩詠。所謂「太真含笑入簾來」，可謂諷詠之甚矣！

崔顥有一首七古〈長安道〉，對明皇的如此恣意妄為，頗有微詞，詩云：

長安甲第高入雲，誰家居住霍將軍。
日晚朝回擁賓從，路旁拜揖何紛紛。
莫言炙手即可熱，須臾火盡灰亦滅。
莫言貧賤即可欺，人生富貴自有時。
一朝天子賜顏色，世上悠悠應始知。

不但沒有如像本篇的逸緻、婉轉，且直來直去，一氣呵成。無怪乎玄宗晚年，退居為太上皇時詠此，不禁淚落沾巾，滿腹辛酸也。

戎昱的〈長安秋夕〉：

八月更漏長，愁人起常早。閉門寂無事，滿院生秋草。
昨夜西窗夢，夢行荊南道。遠客歸去來，在家貧亦好。

此一時也，彼一時也，不禁使人感慨萬千。

25. 集靈臺（其二）

張祜

虢國夫人承主恩，平明騎馬入宮門；
卻嫌脂粉污顏色，淡掃蛾眉朝至尊。

明・李攀龍選，日人・森大來評釋之《唐詩選評釋》書中，列入卷八、七言絕句，已改題名為〈虢夫人〉，至在三百首詩選七絕，一氣呵成的集靈臺二首中，其初題一首，反未予選釋，選者各有其觀點，不可一概而論。但就蘅塘退士選入此二首時，僅在初題時，標明〈集靈臺〉，本篇題名僅「其二」兩字，對此似未曾加以特別重複，反而李攀龍的反客為主，特重本篇也。

《選評釋》稱：楊貴妃之姐三人，皆有才色，玄宗常呼之為姨，出入宮掖，並承恩澤，封為韓、虢、秦三國夫人。其兄楊國忠，亦從遊縱慾，時有雄狐綏綏之誚。虢夫人尤以放誕聞，常乘驄馬入禁中，容光殊艷。多不施朱粉，素面朝天，此直詠其事而播之樂歌者也。此詩或入杜少陵集中，以是議論紛紛，或存心在諷刺，或致譏於輕薄。沈歸愚則以為暴國忠惡，盛加抨擊。平心論之，若以為杜詩，是直指當時之事，似帶有多少諷意，就此帶諷意而觀之，則輕薄之責，亦或不可逭。然若以為祜作，斷無追諷既往之必要，既無諷意，詩固是淺露者，未得謂之輕薄。且祜樂府，多譜開元、天寶間之遺事，如雨霖鈴、寧哥來諸曲，可以證之。何以彼皆無諷刺，而此獨以輕薄斥之乎？祜嘗與崔涯為友，涯性放恣，不自檢束。或乘興於北里，題詩娼肆，譽之則聲價頓增，毀之則車馬絕跡。祜之吟詠，時或與之俱，故陸龜蒙以為輕薄之詠，然此不足為祜病也。祜初過廣陵，有詩云：

十里長街市井連，　月明橋上看神仙；
人生只合揚州死，　禪智山光好墓田。

後果卒於其地。是為「詩讖」歟！

前指張祜樂府，譜開天遺事，有「寧哥來」曲云：

日映宮城霧半開，　太真簾下畏人猜；
黃播綽指向西樹，　不信寧哥回馬來。

宮詞之體，自當如是，非有深意。

森木來氏之評釋以為此係張祜之作，與杜甫無涉。指證歷歷，可謂不虛。然在清人錢謙益箋注錢曾編杜甫詩，在卷十八，近體詩六十一首附錄，載有他集互見四首之次首，題曰：虢國夫人，箋註謂：見張祜集（按指張祐，而非張祜），作集靈臺二首。萬首唐人絕句，亦作張祜。此詩究屬張祜、張祐或杜甫之作，題名：集靈臺其二．虢國夫人或虢夫人，各有成說，載於書卷。孟子云：「盡信書，則不如無書」。此之謂歟！

《唐詩百話》稱：在中唐詩人中，張祜雖然不能列為大家，但也不失為名家，他字承吉，南陽人，生長在蘇州，志氣高逸，有用世之志，關心於國家治亂之源。元和間天平軍節度使令狐楚很器重他，將其卷進呈，上表推云：「祜久在江湖，早工篇什，研幾甚苦，搜象頗深，輩流所推，風格罕及。」憲宗將此表發交宰相元稹奏議，元卻嫉忌祜之詩名甚噪，以為：「張祜雕蟲小技，壯夫不為，若獎掖太過，恐影響陛下風教」。輕描淡寫地，將祜斥出於政壇之外。其實史評指以：元稹始言事峭直，欲以立名，見斥廢十年，信道不堅，乃喪所守，附宦貴得宰相，居位才三月，罷。晚節彌沮喪，加廉節不飾。云云。子曰：不能正其身，如正人何？元稹當知有所愧對於張祜也。

《詩藪》云：刻本祜作祐，覽者莫辨，緣承吉字，祜祐俱通耳！偶閱雜說，張子小名冬瓜，或以譏之，答云：冬瓜合出瓠子，則張之名審矣！

《唐詩集解》轉述《雲谿友議》云：朱冲嘲祜詩：冬瓜堰下逢張祜，牛矢灘邊說我能。以祜時為堰官也。此與詩藪所說，皆不當。按《堯山堂外紀》云：張有二子詩：椿兒繞樹春園裏，桂子尋花夜月中。以詩上牢盆使，出其子授漕渠小職，得冬瓜堰，或曰：賢郎不宜作等職，張曰：冬瓜合出祜子。

洪容齋稱其〈正月十五夜燈〉云：

千門開鎖萬燈明，正月中旬動帝京；
三百內人連袖舞，一時天上著詞聲。

上己樂

猩猩血染繫頭標，天上齊聲舉畫橈；
卻是內人爭意切，六宮紅袖一時招。

春鶯囀

興慶池南柳未開，太真先把一枝梅；
內人已唱春鶯囀，花下傞傞軟舞來。

如此這般，張之善歌此，為不謬矣。

26.題金陵渡

張祜

金陵津渡小山樓，一宿行人自可愁；
潮落夜江斜月裏，兩三星火是瓜州。

《唐詩集解》稱：新、舊唐書中，不列張祜傳。中國文學家之唐人列傳，亦不見其名，惟獨《全唐詩》卷五百十及五百十一計兩卷，載張詩篇近三百五十首之譜，著作等身，有所垂青，是以三百首七絕選中，張詩有四首，不為不多矣！

《唐詩百話》云：一九七九年，上海古籍出版社，影印了南宋初蜀刻大字本《張承吉文集》，這是十卷本的張祜詩集，也是現存惟一的宋刻本張祜詩集。這個本子在元代時進入宮中，直到清朝始終祕藏在北京皇宮裏，沒有人知道。康熙年間此書被太監偷竊出來，賣給藏書家，於是又在許多藏書家的書庫裏，秘藏了三百多年，這才歸祁陽陳澄中先生所有。其後，陳病逝香港，此書經捐贈北京圖書館，這才在古籍出版社複製流傳出來。

十卷本張祜詩集，收詩四百六十八首，與全唐詩及其他明清二代所刻二卷本、五卷本張集對勘之下，才知均係宋刻本的前半部，宋刻本第六卷以後詩一百五十首，已有六七百年沒人見到了！

張祜早年，多作齊梁宮體絕句，內容是題詠音樂歌舞，記述旅遊風物，寫開元、天寶間宮中的遺聞逸事，這些詩都極有神韻，如本篇的題金陵渡。此是從鎮江過長江的渡口，詩寫旅客夜宿在金陵渡口的小山樓山，在月斜潮落的時候，遠看對江有幾點燈火光，知道這是瓜州渡口，從而引起種種旅愁，詩人並不說明瓜州與愁的關係，我們也不便故作解人。可能是他明天早晨就要過江到瓜州上岸。也可能他是剛從瓜州渡江，來到這裏，從詩意所暗示部分看來，瓜州顯然是引起愁緒的地方，但詩人只在第二句中，用「自可愁」三字，略為透露。而以極平淡、極自然的一句：「兩三星火是瓜州」，來揭出旅愁的來處。這種不著痕跡的抒情，可以說就是神韻的所在。清初詩人王漁洋，就是主張詩要有神韻的。他的絕句詩，也就專學這一路子。不能體會其神韻的讀者，把四句詩隨便讀下去，不會發現它們的邏輯關係，但也許能欣賞「兩三星火是瓜州」是寫景佳句，能體會其神韻的讀者，就不會把這首詩，看做是僅僅寫江上夜景了！

南京市東有鍾山，在今中山門外，山脈多蘊藏鐵礦，土呈紅赤，基礎方長平廣，漸高漸窄，形似金字，故有紫金山名，又稱金陵山，蓋此古六朝之帝都，春秋戰國時為楚屬，號金陵邑，三國時為吳地，諸葛亮謂孫權曰：鍾山龍蟠可為都邑。權接納此議，自今之鎮江，昔名京口遷都金陵，更以建業名，取「建」功立「業」之馨祝也。其後，東晉、宋、齊、梁、陳等五國仍之，蔚成一時之勝。唐武德三年，改名歸化。八年仍復原名。九年又改曰「白下」，元代名詩家薩天錫，有〈相逢行〉長篇，極似長恨歌、琵琶行，號為一大家傳作，詩中句如：一年相逢白下門云云，即係指金陵諸地而作者。先嚴激賞此詩，曾書以留諭珍存，余妥為裱褙，懸之廳事，藉以示子孫也。

唐時所稱之金陵，涵蓋甚廣，按照今天說法，此乃橫渡長江，由鎮江往返揚州之渡口，也就是京口渡，即今之「六圩」輪渡是。如今，長江大橋，一橋接一橋，無非是連接、便利兩岸交通，即以沿江蘇北岸論，南通、揚州、江陰、浦口等諸橋，或已完成，或在興建。上流他省亦同，可見渡口之設，今多淪為歷史名詞了!

張祜的中、晚期詩格，顯然產生出若干心理上的變化。不但希望從「禪定」中尋求解脫，看破紅塵，是以在朝山禮佛之餘，每至一寺必見題詠，吳越間著名寺院中多見之，尤其以〈題潤州金山寺〉，為人所熟知，潤州即京口，即今之鎮江。詩云：

一宿金山寺，超然離世群。僧歸夜船月，龍出曉堂雲。

樹色中流見，鐘聲兩岸聞。翻思在朝市，終日醉醺醺。

題潤州甘露寺

千重構橫險，高步出塵埃。日月光先見，江山勢盡來。
冷雲虛水色，清露滴樓臺。況是東溟上，平生意一開。

題杭州孤山寺

樓臺聳碧岑，一徑入湖心。不雨山長潤，無雲水自陰。
斷橋荒蘚澀，空院落花深。猶憶西窗月，鐘聲在北林。

題杭州靈隱寺

峰巒開一掌，朱檻幾環延。佛地花分界，僧房竹引泉。
五更樓下月，十里郭中煙。後塔聳亭後，前山橫閣前。
溪沙涵水靜，澗石點苔蘚。好是呼猿久，西巖深響連。

27. 宮詞

朱慶餘

寂寂花時閉院門，美人相並立瓊軒；
含情欲說宮中事，鸚鵡前頭不敢言。

喻守真《唐詩三百首詳析》指此是寫宮人怨思的詩。花時應熱鬧，反說「寂寂」，院門應開，反說「閉」，見得此間是幽冷之宮，久已不見君王進幸，失寵者不祇一人，故曰「相並」，「立瓊軒」所以賞花，賞花常感懷，必互訴所苦，如此騰挪，方轉出「含情欲說」四字來，滿腔幽懷雖欲訴說，但看前頭鸚鵡深恐其學話饒舌，傳與君王，故又不敢竟說，此詩妙在句句騰挪，字字呼應寫宮人之敢怨而不敢言，躍然紙上。

施蟄存《唐詩百話》以為，喻氏的講法，是順著詩句的次序，分析了美人的心理過程，如果從詩人作詩的過程來體會，這首詩的最初成分，必然是「鸚鵡」。詩人首先找到一個多嘴饒舌的象徵，鸚鵡。由此構思到，鸚鵡前頭不敢言。這一警句，使人同時也明確詩意，前面三句都是從這一句，推衍出來的！

宮詞大多有比、興意義。我們讀此詩，可以體會到，有許多事情，或思想感情，為了有所顧忌，不便或不敢在難以信賴的人面前直說，在日常生活中，如果遇到這種情況，我們可以吟此，鸚鵡前頭不敢言，藉作表達。

《唐詩品匯》及拙作《唐詩故事》等若干類此書中，均題名為「宮中詞」，蘅塘退士選用此詩時，亦以宮中詞名，且評謂「深得慎言之旨」，並指詩經言，鸚鵡出隴西，能言之鳥。禮記謂能言不離飛鳥禽。想是三百首選七絕中，以宮詞為題者，已見（一八）顧況作、（二二）白居易作，而（六）王昌齡之春宮曲、（一六）劉方平之春怨，同具此詞旨，故有插入「中」字以別之；論家指出，宮詞名，添插中字，乃是大謬，宮詞不是來自宮「中」難道是出自宮「外」？

本篇所產生的「置疑」不少，編者原無考據之能，不敢妄多指摘，然而事既有據，似又有不吐不快怨，形同宮詞之意有所激也。

首先，作者朱慶餘，在：直齋書錄解題、唐詩紀事及唐才子傳中，都說他是字可久。閩中人，以字行，登寶應進士第。其實全都錯了。當以唐詩三百首詳析所介紹的：名可久，以字行，越州人，寶曆進士，較為可靠。

朱本名可久，字慶餘，時人指其名不若字之吉利，俗有「常而不可久」之諺，反不若慶餘之乾淨俐落，是以朱呈張水部之詩篇，即以慶餘署名，名既顯，遂不復改矣！張籍及姚合，都有〈送朱慶餘歸越州〉的詩作，全唐詩中有載，顯然指為閩中人之不確。

又，寶應是唐肅宗年號，為時僅一年，時在公元七六二年。而寶歷亦僅歷時二年，在公元八二五至八二六年。朱既深受張籍激賞。張為貞元十五年進士，乃德宗時人，在公元八〇〇年中式，韓愈薦為國子博士，歷水部員外郎，主客郎中，故時有張水部之稱，朱之中式，時在公元八二五年豈有能誤指成六二年中式者。

朱之得名，純係張之大力推薦，著聞於當時，時過景遷，已少有人聞問。今之《中國文學家列傳》，列名家七四人，即玄奘大師亦列在一三四篇，卻無朱慶餘名。即以其友人姚合的《極玄集》中，亦未見朱詩入選，韋莊的《又玄集》中，亦無之。《唐詩品匯》選入其五律二首，列入餘響，及七絕四首，編在二等。並未曾受到後世過多的重視。傳言蘅塘退士選錄唐詩時，有「深得慎言之旨」，以他人杯酒，澆胸中壘塊也。反而使朱詩聲名，又一次得到肯定，豈非異數。

《漢書》稱：漢興，因秦之稱號，帝母稱皇太后，祖母稱太皇太后，適稱皇后。妾稱夫人，又有美人、良人、七子、長使、少使之號焉。至武帝，製婕妤、婭娥、傛華、充衣，各有爵位。而元帝加昭儀之號，凡十四等云。

唐・杜牧名作〈阿房宮賦〉中指暴秦滅六國，江山一統，搜齊、楚、燕、韓、趙、魏等宮中嬪妃，建阿房宮以居之，有終始皇一生，曾未得見者。漢循秦規，遂有十四等之稱謂以名。

唐興，宮中嬪妃，不殊於漢，於少使之外，另置：五官、順常、無涓、共和、娛靈、保林、良使、夜者，各有俸祿，猶有上家人子、中家人子等，臨時採擇良家子女入後宮待詔者，如許眾多宮嬪，端供帝王一人使喚，那得不怨？

按，句中所指美人相並立瓊軒，美人乃是職稱。為第五等，比照十五級官，爵月俸一百二十斛，養尊處優，祇在禁中，不自由耳！

28. 近試上張水部

朱慶餘

洞房昨夜停紅燭，　待曉堂前拜舅姑；
妝罷低聲問夫婿，　畫眉深淺入時無。

開科取士，乃是歷朝行政用事，拔擢人才的基本法則。使文人中有學養，武人中有技藝者，得穎脫而出，量才施用。這便是「考試」，古往今來，誰人不知，那個不曉。然而，「學」與「行」是兩碼事，有學問的，可以從其文章中顯示，但其行為就無從在試前得悉。於是這才進一步開創「推薦」之例，凡參與科考者，得由知名之士加以推介與試才行，這便是本篇寫作的背景。

《唐詩紀事》載：朱慶餘過水部郎中張籍，因索慶餘新舊篇什，留二十六章，置之懷袖而推贊之，時人以籍重名，皆繕錄諷詠，遂登科。慶餘作「閨意」一篇以獻。（按即本篇所載，但篇題已經由蘅塘退士改成近試上張水部）。籍得詩，酬之曰：

越女新妝出鏡心，　自知明豔更沈吟；
齊紈未是人間貴，　一曲菱歌抵萬金。

由是，朱之名流於海內矣！

《中國文學欣賞舉隅》，聯想與比擬篇中指出：朱慶餘執篇什，問入時或否於張水部，乃以新嫁娘為比況，神意既能兩相符契，而寫得新婦口吻儀容，入微入理，不因援繫而稍有斲損，致足貴也！籍詩亦以越女為比擬，較朱詩為遜，蓋一「酬」字害之耳！

秦韜玉〈詠貧女詩〉云：

蓬門未識綺羅香，　擬託良媒亦自傷。
誰愛風流高格調，　共憐時世儉梳妝。
敢將十指誇鍼巧，　不把雙眉鬥畫長。
苦恨年年壓金線，　為他人作嫁衣裳。

蓋託貧女以詠寒士者，亦雍容有法，比況相宜之例已！《唐詩百話》指本篇在全唐詩及唐詩三百首選書中，皆題為〈近試上張水部〉，都是錯的，應依《唐詩品匯》作：〈閨意上張水部〉，唐人製詩題，有一個慣例，先表明詩的題材，其次表明詩的作用。

如孟浩然詩有〈臨洞庭贈張丞相〉，詩的題材是臨洞庭；詩的作用是贈張丞相。朱慶餘這首詩的題材是閨意；作用是上張水部。如果此詩題作：近試上張水部，那麼詩中必須以臨近試期為題材。雖然待曉堂前一句，隱有近詩的意義，但全詩並不緊貼近試，再說，張籍水部這樣的稱謂，也顯然不合唐人習慣。唐人常以官職名代替人名，張籍為水部員外郎，故稱張水部，都是名，只有長輩可直呼其名，朱慶餘怎可如此呢？

朱慶餘的詩名，一時流布，都是在他登進士第以後，那麼，近試上張水部這個詩題，顯然是不合事實了！但張籍為他推薦，朱以詩受知於籍，肯定是在朱進士及第以前。朱慶餘另有一首〈上張水部〉詩云：

> 出入門闌久，兒童亦有情。不忘將姓字，常說向公卿。
> 每許連床坐，仍容並馬行。恩深轉無語，懷抱甚分明。

由此可知，張籍賞識朱慶餘之後，朱經常出入張家，連床、並馬，交情不淺。閨意一詩，決不是朱慶餘臨近應試時，獻呈張籍的，更不可能是朱進士及第後，才獻呈給張的，敘事前後顛倒，引起後人誤會，妄改詩題尤其不智。

施蟄存先生以為，閨意詩是朱首向張獻詩行卷的二十六首詩中第一首，他把自己比作一個剛結婚的新娘，在新婚之夜，洞房中紅燭高燒，新郎、新娘都無法安眠，新娘在梳妝打扮，預備等到天明，到堂前去拜見公婆，當她梳妝完畢，低聲問新郎，我的眉毛畫得怎樣？畫深了嗎？嫌淺嗎？合不合當今時樣？大概當時婦女的眉樣，一忽兒時行深色，一忽兒時行淺色，所以新娘不知如何畫眉才好。

白居易〈長相憶〉詞云：

深畫眉、淺畫眉，蟬鬢鬅鬙雲滿衣，陽臺行雨回。

可以證明朱慶餘這句詩，也反映著一種社會風俗，不是隨意設想。

這首詩的題目，如果僅有「閨意」二字，那麼我講到這裏，就可說是把詩意講完了，它是一首描寫新娘閨情的詩，最多也只能解釋為新娘要試探翁姑的好惡。但是，詩題在閨意之後，還有上張水部四個字，這首詩的作用，就必須重新認定了。張水部不是化妝師，新娘畫眉，與他有什麼關係？可以想見，畫眉深淺入時無？只是一個比喻。其真實的含義是：請您指教，我的詩，合不合時行的風格？這樣一講，整首詩的作用，就不僅是描寫閨意了！

29. 將赴吳興登樂遊原

杜牧

清時有味是無能，閒愛孤雲靜愛僧；
欲把一麾江海去，樂遊原上望昭陵。

蘅塘退士評謂：詩言倦倦不忍去，忠愛之思溢於言表。也許這才是本篇入選的原故。

《唐詩百話》指出，現在流傳的杜牧詩文集，只有一個明刊本《樊川文集》，這是杜牧的外甥裴延翰編定的，指杜牧任中書舍人時就生病了，他搜集生平所作文章千百紙，一一丟在火裏，只留下十分之二三，幸而延翰平時收藏了不少手跡，共得詩文四百五十篇，分成二十卷。至於另有一本《樊川外集》，不悉何人所編，更有《樊川別集》，係宋・熙寧六年三月一日，杜陵田概所編，田氏序曰：舊傳集外詩者，又九十五首，家家有之。可知《外集》亦是晚唐及五代時古本，也可能是裴延翰搜輯附入。祇田云外集有詩九十五首，但外集中卻有一百二十七首，顯然仍有後人增入的。田之別集，是從魏野家得詩九首，盧訥家得詩五十首，均屬文集、外集中所無者。另後池泛舟送王十秀才篇，經查證實係他人之作。如此，別集應有詩六十首，今世傳本不誤。

杜牧，字牧之，京兆萬年人，太和二年進士第，官至中書舍人，《唐書》中稱其剛直有奇節，不為齷齪小謹，敢論列大事，指陳病利尤切，通古今，善處成敗，為同儕所不及。亦因疏直，時無右援者，從兄悰更歷將相，而牧困躓不自振，頗怏怏不平。卒時年才五十，時人傷之。

傳聞杜牧自恃風流，講求享受，有識人的自負。聽說吳興的美女出眾，恰好當年郡守為其摯友，欣然前往造訪，受到熱情招待，一連十幾天，似乎並未盡興，經過查詢，以未能遍窺湖州美女為憾。時已逼近端陽，郡守強行將他留駐，並藉賽龍舟機會，陪他在岸邊流連，而牧之整天鑒賞，竟未曾看到一位當意者，直到薄暮時分，驀然見在河岸缺口處，有婦人攙扶一女孩迎面而來，女孩雖少而風姿天成，牧之一見傾心，便相邀婦人攜此孩，同登郡守船上，向郡守表明願收此孩為妾。婦人尤其惶恐，認為這個小不點兒不足十歲，離不開家人，如何能為人妾，經過郡守向兩方協調，這才決定由杜先付訂禮下聘，女孩仍留家中，約定十年後由杜來迎娶，才平息了這場糾葛。

時光易逝，杜對此約耿耿於懷，轉眼十年，但湖州郡守無法開缺，直到十三年後，郡守離任，牧之這才把握這千載一時機緣，迫不及待地上書辭去吏部員外郎，官階較高的清職，乞下放為湖州郡守。而此詩正是其躊躇滿志，奉派為吳興郡守履新，即可實現前約，娶此女為妾之前而賦的懷感詩。所謂「倦倦不忍去，忠愛之思，溢於言表」之評，完全是醉翁之意不在酒的遣詞。人逢喜氣精神爽，洩之於詩，自然婉轉流暢，得人激賞。平心而論，樂遊原的確也是個旅遊勝地，過去杜曾遊此賦詩以記云：

長空淡淡孤鳥沒，萬古銷沈向此中；
看取漢家何事業，五陵無數起秋風。

慨嘆古往今來，興衰不由人，像此樂遊原周遭，漢代帝王所刻意經營的埋骨之所，計有長陵、安陵、陽陵、茂陵及平陵，風光綺麗，山水如畫，號為勝景，極具莊嚴華貴之表，如今則時移俗易，漢祚不存，五陵之貌已改，秋風落葉，使人興嘆，倒形成了如元人馬東離所歌：

百歲光陰依夢蝶，重回首，往事堪嗟。

復何有「忠愛之思」呢？然而，牧之此時心情，複雜益復矛盾，心情不寧，於此詩中覽無餘。總括言來，「無可奈何」而已！

去吳興接任郡守，分明是別有懷抱，事隔十三年，人事滄桑何可逆料，否則自毀前約，心有所不甘。欲把一麾江海去，故有此詠也。

《三百首詳析》指此詩大意，有不忍遽離京師之情，殊難能服眾。分明是以假道學姿態，作違心之評。蓋牧之求出為吳興郡守，出於主動、降格之請，苟非無內在因素，曷克及此？

按，樂遊原在陝西長安南，萬年縣外八里，漢宣帝神爵三年建有樂原廟。又稱樂遊原或樂遊苑。唐時太平公主於原上建亭，供遊客憩息之需。四望寬敞可供瞭望之備，每屆三月上已、九月重陽，往往成為仕女嬉戲、文人祓禊登高理想之處。一時幄幕雲佈，車馬填塞，彩虹映日，滿途馨香，朝人、詞士，每多於此賦詩吟唱，翌日傳於朝市，形成當時特有景觀。杜之此詠，亦因此而得以流傳，允非無因。

30. 赤 壁

杜 牧

折戟沈沙鐵未銷，自將磨洗認前朝；
東風不與周郎便，銅雀春深鎖二喬。

東漢建安十三年七月，荊州牧劉表病重，曹操為丞相，擔心一旦劉表去世，其子劉綜懦弱，無法掌握勢局，荊州是重要軍事要衝，早為蜀劉備和吳孫權所覬覦，勢將有呑併荊州之虞，因此即日揮師前往，以備不虞。嚇得劉綜連忙表態，願接受丞相一切安排，如此一來，反而使偈居在樊城一隅的劉備，實力太單薄，只得向江陵方向轉移陣地。而江陵屬於荊州所仰賴的糧倉，使曹操無法坐視，即親率輕騎五千來迎。劉備無奈，只好再東竄，渡過漢水，退到夏口，稍作喘息。曹操豈肯放棄這千載一時難得的機會，加緊沿途的追擊。這時，劉備形成驚弓之鳥，隨時隨地有被消滅的可能。

三國中，東漢、西蜀，實力懸殊，覆亡的威脅，使得西蜀坐立不安。而孫吳目睹此項危機意識，唇亡齒寒，一旦東漢坐大，接著孫吳必將成為另一西蜀，同樣受淘汰消滅的命運，萬無苟全之理。也許，孫吳、西蜀彼此聯成一氣，使曹操有腹背受襲煩惱，產生出顧忌，反而可能因禍得福，相安於一時。此一構思形成後，立刻派魯肅到劉備軍中拜訪，求取合作之道。劉備軍於此危急存亡之秋，得魯肅的造訪，大旱雲霓，自是天大造化。決定派諸葛亮前往吳國，親謁國主孫權，共籌良策。曹操知此訊息，更是心頭火起，擒賊先擒王，乾脆先從消滅孫吳做起，吳國佔據長江流域一帶，地勢平坦，難守易攻，索興先除大，再滅小，一勞便永逸了，這便是「赤壁之戰」的背景和誘因。建安十九年秋七月，曹操終於在意得志滿之餘，以其兵精糧足，以大吃小的驕妄，投入八十三萬人馬，號稱百萬大軍，揮兵南下。

《九州春秋》稱：建安十九年秋七月，曹操率師攻伐孫權，時參軍傅幹，向曹操進諫書，分析當時勢態，不宜加兵東吳，以免弄巧成拙，得不償失。原文是：

治天下之大具有二：文與武也。用武則先威，用文則先德。威德足以相濟，而後王道備矣！往者天下大亂，上下失序，明公用武攘之，十平其九。今未承王命者，吳與蜀也。吳有長江之險，蜀有崇山之阻，難以威服，易以德懷。愚以為可且按甲寢兵，息軍養士，分土定封，論功行賞。若此則內外之心固，有助者勸，而天下知制矣！然後漸興學校，以導其善性而長其義節。公神武震於四海，若修文以濟之，則普天之下，無思不服矣。今舉十萬之眾，頓之長江之濱，若賊負固深藏，則士馬不能逞其能，奇變無所用其權，則大威有屈，而敵心未能服矣。惟明公思虞舜舞干威之義，全威養德，以道制勝。

無非是諫其能「以德服人」，不宜以力制人。寧可緩漸，不可冒進。然而曹操自詡其能，足以鎮攝天下，一戰而功成。豈料有「赤壁」之失乎！

論家指出，作戰之謀，經緯萬端，天時、地利、人和，缺一不可。吳既具「天塹」長江之險，已得地利之變，曹操名為漢相，矯情造作，排除異己，輜銖必較，儼為一國之君，人心叵測，陽奉陰違者，唯其不能自覺耳！兼以時際深秋，西北風緊，不虞東南風之襲，使順勢化為逆勢。此傅幹之所以婉辭細推，諫阻其行也。不圖諸葛亮之通曉天文之際，料定此一時際，必將有天候上之重大變化，藉「借東風」之名，作潛返江夏之實。所以使周瑜未嘗不泣血椎心，有「既生瑜，何生亮」，無可奈何之太息也。

史書指出，當時東吳朝中，文官主戰，武官主降。周瑜身為統帥都督，自然主戰。自諸葛亮南來共謀反擊，瑜則佯主和議，亮則假借曹之〈銅雀臺賦〉中，有建二橋以通之議，有意將二橋錯指為：吳主孫權之喬夫人及權夫人之妹周都督之夫人，為「二喬」，激怒周瑜、孫權，可將兩位夫人，獻之曹操，居銅雀臺上，便可止戰。這才使孫、周受此奇侮，不再矜持，決心防禦此一侵略戰爭，亮之用心亦苦矣！

三百首詩選，指此亦載在李商隱集，詩謂無此東風，則二喬當為銅雀中人矣。或以喬作橋，便與東風句不貫。

《唐詩三百首詳析》以為，此為弔古之詩，大意說周瑜的僥倖成功。按「赤壁」有三指：一在漢水旁竟陵東，即今黃岡地；一在齊安步下；一在江夏西南，湖北嘉魚縣東北。至於得名由來，亦有三說：一說古有此名，不詳其旨；二說山壁峭立，係由含大量礦脈之紅赭石而成，其壁色赤，故云。此亦曹與周對壘之湖北嘉魚東北，沿江岸之色澤，一說由於黃蓋用火燒曹營大船，以使石壁燒得赤紅者。三說中，管見以為，山壁蘊藏紅赭石礦脈直立之指，最為合理。

31. 泊秦淮

杜　牧

煙籠寒水月籠紗，夜泊秦淮近酒家；
商女不知亡國恨，隔江猶唱後庭花。

朱自清先生在〈唐詩三百首指導大概〉篇中指出：「杜牧字牧之，登進士第。牛僧孺鎮揚州，他在節度府掌書記，又作過司勳員外郎，世稱杜司勳，又稱小杜，以別於杜甫人稱老杜。他很有政治眼光，但朝中無援，終於是個失意者。他的七絕感慨深切，情辭清秀，〈泊秦淮〉一首，也曾被推為壓卷之作。」此即七絕十一首傳作之一。起句的煙籠寒水月籠紗，顯突出煙水朦朧的星月淒清，輕描淡寫，而設辭造句秀麗，得未曾有，毋怪朱先生有此獎譽了！

其實本篇的感慨深切，成為明清兩代詩壇論家指為唐人七絕壓卷十一首之一，允非過譽。牧生於憲宗之世，當時藩鎮勢甚，一旦志平潛叛，意漸驕侈，興土木，寵宦官，好進奉，迎佛骨，召方士，不啻是玄宗翻版，亡國之憂未已，因而賦此。朱自清先生指其有政治眼光，良有以也！祇是，他發跡太早，二十四歲中進士，牛僧孺大他二十五歲，乃是他的父輩，對於這位少年未曾多予鼓勵。朱先生所指朝中無人云云，被目為「小人說大話」，無人肯相信而已！

現在回到本篇故事內容，秦淮河起源於浙江和江蘇兩省交界處的石臼湖，位於江蘇溧水縣東北，向西北流去，歷經無數大小河川池沼，時淤時積，秦時加以疏濬引導為渠道，直達南京城東南側，再從通濟門入城，橫越城南，向西自水西門出城，經惠民河注入長江，乃是一條經過人工開鑿的內陸河，溝通淮河引注入長江，因係秦時所開，故稱為秦淮河。本篇實在便是船泊在秦淮河邊有詠的省略說法。至於此河在南京城內，由水西門到東水關，長約十華里的河岸兩側，六朝時代正是風花雪月的遊賞名區。

《上元縣志》載：水上兩岸人家，懸楯拓架，為河房水閣，雕梁畫棟，南北掩映，每當勝夏，買艇招涼，迴翔於利涉、文德兩橋之間，扇清風、酌明月，秦淮之勝也。

南京古稱金陵，又名建業，三國時為「吳」都。其後，東晉、南北朝時南朝的宋、齊、梁、陳諸國，均建都於此，五代十國時，十國中的後唐，明朝開國的朱元璋，太平天國的洪秀全，民國三十年以前的國民政府，也都建都在南京，先後歷十代，自有其歷史上的光輝。值得一提的，我國地大物博，沃野千里，乃是由北向南，漸次發展，在黃河流域一帶，先後有長安（西京）、洛陽（東京）、北平（北京）等三大名都的建立，其後到了長江流域，又有金陵（南京）之建都，這東、西、南、北四都之有，實至而名歸，閃耀著五千年歷史光芒，為世界各國之僅見，難道不值得自豪麼？

陳寅恪先生在《元白詩箋證稿》中說此詩中句云：

牧之此詩所謂隔江者，指金陵與揚州二地而言。此商女即揚州之歌女，而在秦淮商人舟中者，夫金陵，陳之國都也，玉樹後庭花，陳後主亡國之音也。此來自江北揚州之歌女，不解陳亡之恨，在其江南故都之地，尚唱靡靡之音，牧之聞其歌聲，因為詩以詠之耳！此詩必作如是解，方有意義可尋，後人昧於金陵與揚州隔一江，及商女為揚州歌女之義，模糊籠統，隨聲附和，推為絕唱，殊可笑也。

有人指寅恪先生這番解釋的「匪夷所思」，似乎因援引白居易〈鹽商婦〉詩句：本是揚州小家女，嫁得西江大客商。及劉禹錫〈夜聞商人船中箏〉詩句：揚州市里商人女，來佔西江明月天。有所據而云，依此一說，此詩則毫無意境可說了！本來，見仁見智，各有看法，祇是，如果想法天真了些，難道不可以說成：當杜牧在揚州，想起有歌女在南京唱〈後庭花〉時，真擔心唐朝的覆亡之期不遠矣！

詩意多「含蓄」，不會有直截了當之解釋，應當為讀者所接受，連首句的「夜月朦朧」都說得如此婉約，末句會如此「露白」和「直接」，似乎說不過去。

秦淮酒家之所以見重於後世，實在是由「商女」所促成，此「商」乃宮、商、角、徵、羽。簡括之指，女子俱有五音才能，自然便是歌女了，歌女才能唱，和商人是兩碼事，不可混為一談。

秦淮的商女，非但能歌善舞，琴棋書畫，詩辭歌賦，均有所涉獵，是以凡夫俗子，倘欲以「錢」勢壓人，來到秦淮，怕不遭到白眼才怪？古往今來，多少女仕名媛，曾在秦淮獨領風騷，而流垂千古。像〈桃花扇〉中，侯方域筆下的李香君；如皋冒公子辟疆眼中的董小宛，乃至引來清兵入關成統治疆域二百餘年的罪魁禍首吳三桂，緣起則為：

痛哭六軍皆縞素，　衝冠一怒為紅顏。

紅顏者何？秦淮歌妓陳圓圓耳！可見「商女」之魔力了！

《陳書》稱：高祖武皇帝，諱霸先，起自寒微，而氣度恢宏，寬以容物，明以知人，用人而不疑，能自仇敵或亡命徒中大膽拔擢，量才錄用，人皆樂於受其指使，衷心擁戴，故能取梁而代之建立陳國。仍建都在金陵。共傳五主，至後主陳叔寶，在位七年而國亡，寵愛張貴妃，龔、孔貴嬪，王、李美人、張淑媛、袁紹儀、何婕妤、江修容等，各有封號，輪流伴主，將宮中能賦詩者，如袁大捨等，名為女學士，伴賓客賦歌飲酒，選取尤艷麗的，譜成曲調當場演唱，像：玉樹後庭花、臨春樂諸曲，均由此來。《隋書》稱：春江花月夜、玉樹後庭花，都是陳後主所作，後主有文藝，耽逸樂，常與宮中女學士及詞臣們唱和，太常令何胥善於文辭，選取其中最艷麗者製曲，綺麗纏綿，乃至流於輕薄，男唱女和，淒清動人，禎明初，後主自作新歌，其辭有：

玉樹後庭花，　花開不復久。

時人指為亡國朕兆，後主厭聞自己過失，直諫者輒加斬殺，自恃長江天塹之險，武備不具，及隋師數路來伐，兵臨城下，宮中依然笙歌不輟。終於開城乞降，身為虜臣，因此失國，陳遂亡。

〈玉樹後庭花〉原為樂府古辭曲，乃清商曲之吳聲歌，計四十四種，悉為晉以後作，多已佚失。春江花月夜為第廿六首，曲已不復見。〈玉樹後庭花〉為廿七首，曲辭尚存，是：

麗宇芳林對高閣，　新粧豔質本傾城，
映戶凝嬌乍不進，　出帷含態笑相迎。
妖姬臉似花含露，　玉樹流光照後庭。

或云，此是後主陳叔寶所倣作。原詞僅存兩句，是：

壁月夜夜滿，　瓊樹朝朝新。

隋軍入宮時，張貴妃正在賦詩，後主聞警倉皇攜同孔貴嬪張貴嬪三人共匿景陽殿側井中，為隋兵搜出，立斬張孔，送後主至長安封長城公，文帝仁壽四年十一月死。《唐書・音樂志》載：前代的興盛和衰亡，可從當時的音樂中，獲知朕兆，陳國將亡，出現玉樹後庭花的樂曲，齊國將滅，也有伴侶曲的演唱，行路的人聽了，不免傷心得掉下淚來，靡靡之音，不啻替自己敲響了喪鐘。

這本是首「語重心長」的諷諭詩，不激不怨，而其怨實深，朝廷那知民間疾苦，歌舞昇平，氣象巍巍，民間為求溫飽，不惜賣兒鬻女勉謀衣食生活，不知覆亡之禍此伏之矣。詩中悲憫歌女們的無知，不悉後庭花辭曲由來，反而成了「唱者無心，聽者有意」的尷尬，耐人尋味，亦此篇之被推為杜牧七絕之首選，亦明清兩代詩家指為七絕壓卷十一首之一，與〈阿房宮賦轉錄〉同垂不朽。

淮河既以紀念秦代功績，冠以「秦」名，卻也因此產生出一段糾葛，載在拙作《對聯新語》第九章〈塗說篇〉：秦大士字魯一，又字磵泉，自號秋田老人，江寧人，中清乾隆朝壬申年恩科狀元，少年得志，不免驕恣，嘗於詩句中，自高身價，有：

「淮水而今尚姓秦」。

誇耀其姓氏之高華，一時膾炙人口。卻也引發識者的不屑，譏成狂妄。但其「好事我自為之」心態，亦成同儕怨訴之由也！某日，秦與袁枚同遊杭州西湖，路經岳王廟，杭州士子聞訊，紛紛前來廟前，指奸賊秦檜夫婦在廟前的鐵鑄跪像，泥大士題句，秦大不懌，堅拒之。士子不捨，愈聚愈多勢難收拾。甚至隨有質問；淮河尚可題句，何鑄像不成？彼此僵持不下，袁枚乃出面解圍，代大士題曰：

人於宋後羞名檜；　我到墳前媿姓秦。

其實，袁枚亦對淮水而今尚姓秦句，不敢苟同，因而借題發揮者，載在《隨園詩話》中，可以查閱。

徐珂：清稗類鈔載：秦大士秦淮絕句，有淮水而今尚姓秦，一時膾炙人口，則以其姓得利也，其年偕袁子才遊西湖過岳王墳，睹秦檜像，人泥其題句秦大不懌，子才為代吟曰：人於宋後羞名檜；我到墳前媿姓秦。以姓幾受奇窘，微子才，殆矣！是又以姓得害也！《左傳》有言：「禍福無門，惟人自召。」俗話說：真英雄，不露鋒芒，秦大士故事，值得深思。

32. 寄揚州韓綽判官

杜牧

青山隱隱水迢迢，秋盡江南草未凋；
二十四橋明月夜，玉人何處教吹簫。

三百首選七絕中，蘅塘退士對本篇「二十四橋明月夜」及李太白送孟浩然篇「煙花三月下揚州」，認為此二句皆是千古麗句。偏此兩句皆為揚州而詠。余幸而為揚州人，生於斯，長於斯，與有榮焉。

《唐詩百話》稱：韓綽是淮南節度使幕下判官，杜的狎邪遊伴之一，詩中次句，有刻成草木凋的，草木既凋就不符江南氣候，仍以「未凋」為正。傳說隋煬帝來江都揚州時，曾有絕色宮女二十四位佇立於橋之兩側，恭迎聖駕而吹簫，於月明之夜晚。此橋的原名為紅藥橋，吳家磚橋。但在「筆談」中，記此地實有二十四橋，其順序為：最西濁河茶園橋、次東大明橋、入西水門有九曲橋、次當正，當帥牙南門有下馬橋，又東作坊橋，橋東河轉向南有洗馬橋，次南橋，又南阿師橋，周家橋，小市橋，廣濟橋、新橋、開明橋、顧家橋、通明橋、太平橋、利國橋。出南水門有萬歲橋、青園橋，自驛橋北，河流東出有參佐橋，次東水門東出有山光橋，又自衙門有下馬橋，合為二十四之數，至直南有北三橋，中三橋及南三橋，統名九橋，不通船，亦不在二十四橋之數列，皆在今州城的四門以外，鄉前輩杜負翁言之鑿鑿，並非無稽。

值得駭異的，倒是末句開頭的「玉人」的詮釋，一般說來，應當是指吹簫女、歌女的贊稱。然而，富壽蓀在其「唐人絕句評注」，引據晉人裴楷、衛玠，都有玉人的美譽，換句話說，本篇中的玉人，指是的韓綽，韓、風華有姿具美人之譽，又善吹彈，故有玉人何處教吹簫，隱喻韓仍有和美女廝混之情，標新立異乃人情之常，但此說尤甚也。

祇是，韓綽不久即逝世。杜有〈哭韓綽〉詩，載在全唐詩五百二十二卷，云：

平明送葬上都門，紼翣交橫逐去魂；
歸來冷笑悲身事，喚婦呼兒索酒盆。

宋時，賀方回（鑄）擅長樂府，妙絕一時，對杜作本篇，尤所偏好，特地將之添入和聲，改為樂府辭，收錄於其《東山寓聲樂府》集中，改寫後的詞成：

秋盡江南草未凋，晚雲高，青山隱隱，水迢迢。接亭皋，二十四橋明月下，弭蘭橈，玉人何處教吹簫，可憐宵。

論家指此，擲地有金石聲，不媿改體高手。

《輿地紀勝》曰：淮南東路揚州，二十四橋，隋置，並以城門坊市為名。後韓令坤省築州城，分佈阡陌，別立橋樑。所謂二十四橋，或存或廢，不可得而考。

《唐宋詩舉要》稱：呂申公送歐公，自揚州移汝州西湖，分明是將二十四橋，和西湖十景相提並論，詩云：

綠菱紅蓮畫舸浮，使君那復憶揚州；
都將二十四橋月，換得西湖十頃秋。

其後，蘇東坡則反其道，從汝州也便是今天的杭州，由西湖轉官至揚州，對呂詩所詠，反質之以詩云：

二十四橋亦何有，換此十項玻璃風。

蘅塘退士對本篇及（八）李白送孟浩然之廣陵，兩首詩中的激賞處，無非是「煙花三月下揚州」及「二十四橋明月夜」所抒發而得。勝景白描可貴。而呂及歐陽氏對杭州西湖與揚州之對比，乃是唐、宋兩代詩家的觀感，用二十四橋與西湖十景相較，已距唐詩選錄，有所差距，姑置不論，倒是如何扯到宋詩，南宋、林洪的〈西湖〉：

山外青山樓外樓，　西湖歌舞幾時休；
暖風薰得遊人醉，　直把杭州當汴州。

要比歐陽修對揚州二十四橋的漠視，更具諷寓意識，因不屬唐詩範圍，雖然警策，也無法對比。其實，就杜牧之本身而言，對本篇亦未曾自認是得意之作。何以言之，吾人可從杜之「樊川詩集」中，載有「念昔遊」三首，其對「十年一覺揚州夢」，不但無自鳴得意處。反而是深自懺悔，從此痛改前非之始。本篇與韓有意猶未盡處，令人太息處，不難於後三首中見之。

一、十載飄然繩檢外，　樽前自獻自為酬；
　　秋山春雨閒吟處，　倚遍江南寺寺樓。
二、雲門寺外逢猛雨，　林黑山高雨腳長；
　　曾奉郊官為近侍，　分明攖攖羽林槍。

三、李白題詩水西寺，古木回巖樓閣風；

半醒半醉遊三日，紅白花開山雨中。

一片幽閒清新氣象，管窺以為勝此寄韓綽詩篇多多。不知讀者於意云何。

33. 遣懷

杜牧

落拓江湖載酒行，楚腰纖細掌中輕；
十年一覺揚州夢，贏得青樓薄倖名。

遣懷本係排「遣」胸中臆「懷」而作，人各有懷抱，是以此類作品車量斗載不絕如縷。爭奇鬥艷大有可觀。惟本篇卻因追悔前失，有所感悟之作。所謂「浪子回頭金不換」，對初學士子有奬勵之功。文辭優美，音韻鏗鏘，又係實人實事，值得推介。

《芝田錄》載：牛奇章帥維揚時，牧之在其幕中，常便衣外出冶遊，牛帥怕他招搖生事，派人暗中追隨監視以防不虞。後來，牧之調為步拾遺，臨行之時奇章特別叮囑他，以後言行要謹慎，牧之初猶抵賴，奇章立命人拿出一隻籃子，內中都是街子輩報帖，說杜書記平善，並未惹事。牧之這才知道牛帥愛護他的苦心，感激涕零。因而痛下決心，翻改前非。此詩便是表明心跡寄慨即作。吳武陵見了，便持杜的阿房宮賦，向崔郾推薦，獎譽其才華。崔郾大為讚賞。就在這年杜便中了進士。可見本篇對其一生影響的深遠，卻也是他幸運的起點。至於〈阿房宮賦〉，不但是賦中上選，也有人指為唐人賦之壓卷之作。祇緣於時人對其花天酒地的荒唐行徑，不敢恭維。對學、行並重的科考條件下，必須有人推薦才行，得此遺懷，吳武陵才主動替他出頭推薦的。

談起「遺懷」詩，使我印象深刻的，乃是宋時我的先人陸放翁，目藁時艱，一度請纓，盼能調至前線，在軍前效力。書上蒙孝宗詔見，頗賞識其愛國之忱。惟以國事蜩螗，以放翁一文士，無能為力，調為嚴州副知事之職，嚴州地屬南宋之後方，副知事幾同閒置，放翁於心灰之餘，賦詩遣懷，詩云：

世事年來薄似紗，誰令騎馬客京華。
小樓一夜聽春雨，深巷明朝賣杏花。
矮紙斜行閑作草，晴窗細乳戲分茶。
素衣莫起風塵歎，猶及清明可到家。

失望之情，隱約而言，不激不怨，其怨實深。詩中項聯的：

小樓一夜聽春雨，深巷明朝賣杏花。

一時流傳，被譽為警句。俗話說：識家看門道，不識看熱鬧。乍眼看來，光景宛然，不愧是寫景妙手。其實尤存「雨打花殘」之譏。際此紛亂之餘，當國者自宜整軍經武，發憤圖強。偷生苟全一時者，一旦金兵打來，有如暴雨摧花，好花殘落，人民頓成落地殘花，寧不傷哉！是以小樓一夜聽春雨，有暗示一旦金人大軍如潮如雨湧至，深巷明朝賣杏花，就成了城中市民，街頭巷尾有似打落的杏花一樣，遺屍如殘花損落一樣淒楚，辭簡而意賅，扣人心弦。或亦有人指是附會，天真想法。苟非放翁再生，無得其正解矣！但此絕非無矢放的，或無中生有之妄，讀者諒之。

其實，我們談「遺懷」似不可忽略漢，劉徹之〈秋風辭〉。劉徹，漢景帝之中子，繼景帝即位，是為漢武帝，和唐繼高祖即位之李世民，即是唐太宗，兩位所締造出來的「漢唐盛世」，毋待贅述，而武帝所詠的〈秋風辭〉，係於行幸河東，祭祀后土，在舟中與群臣宴飲時，抒發感秋、懷人、感傷時不我予，遣懷之作。秋風辭係一代名作，讀者似不宜忽略，藉此亦可窺漢詩之一般。詩云：

秋風起兮白雲飛，　草木黃落兮雁南歸。
蘭有秀兮菊有芳，　懷佳人兮不能忘。
汎樓船兮濟汾河，　橫中流兮揚素波。

簫鼓鳴兮發櫂歌，　歡樂極兮哀情多，

少壯幾時兮奈老何？

宋代民族英雄文天祥，率義師與元兵戰，降將張弘範勸降，天祥答云：

辛苦遭逢起一經，　干戈落落四周星。

山河破碎風拋絮，　身世飄搖雨打萍。

惶恐山頭說惶恐，　零丁洋里嘆零丁。

人生自古誰無死，　留取丹心照汗青。

詩末所謂「留取丹心照汗青」云云，天祥文公，實踐力行，千古流芳，遺懷之情溢於言表，而末句詩云，已成後人相讚之表徵。為之肅然！

34. 秋　夕

杜　牧

銀燭秋光冷畫屏，輕羅小扇撲流螢；
天階夜色涼如水，臥看牽牛織女星。

蘅塘退士對本篇尤其激賞謂：層層布景，是一幅著色人物畫，只坐看二字，逗出情思，便通身靈動。

王世懋《藝圃擷餘》也說：晚唐詩萎爾無足言，獨七言絕句，膾炙人口，其妙至欲勝盛唐。

《竹坡詩話》謂：本篇在杜牧及王建二人集中皆見之。特以此詠宮詞，工麗清平。當以王作為是。

《唐詩集解》稱：此篇（樊川）本集編入外集，竹坡詩話疑為王建作。章燮曰：按此乃宮中秋怨也。先敘宮中之景，冷字見宮中寂寞，輕羅句尚待帝王臨幸，未曾觸動宮怨，天階（街）句，夜深矣。坐看二字，含有一團幽怨之情，根本否定了周紫芝在竹坡詩話之疑。

唐人詩中的宮詞、秋詞，多至不可勝數，談到秋天的省思，似乎不能忽略元人馬致遠的「秋思」套曲。按，馬致遠，號東籬，大都人，為江浙行省務官，正青譜云，馬東籬之詞，如朝陽鳴鳳。又云：其詞典雅清麗，有振鬣長鳴，萬馬皆瘖之意。茲錄其曲於次，藉供欣賞：

秋思

馬致遠

（雙調）（夜行船）百歲光陰如夢蝶，重回首往事堪嗟。昨日春來，今朝花謝，急罰盞夜闌燈滅。

（喬木查）秦宮漢闕，做衰草牛羊野。不恁漁樵無話說，縱荒墳橫斷碑，不辨龍蛇。

（慶宣和）投至狐蹤與兔穴，多少豪傑，鼎足三分半腰折。魏耶晉耶。

（落梅風）天教富，不待奢。無多時好天良夜，看錢奴硬將心似鐵。空辜負錦堂風月。

（風入松）眼前紅日又西斜，疾似下坡車。曉來清鏡添白雪。上床和鞋履相別。

莫笑鳩巢計拙。葫蘆提一就裝呆。

（撥不斷）利名竭，是非絕，紅塵不向門前惹。綠樹偏宜屋上遮，青山正補牆頭缺，竹籬茅舍。

（離亭宴煞）蛩吟一覺統寧貼。雞鳴萬事無休歇。爭名利，何年是徹。密匝匝蟻排兵，亂紛紛蜂釀蜜，鬧穰穰蠅爭血。裴公綠野堂。陶冷白蓮社，愛秋來那些，和露摘黃花，帶霜烹紫蟹，煮酒燒紅葉。人生有限杯，幾箇登高節。囑付俺頑童記者，便北海探吾來，首東籬醉了也。

吳梅先生云：馬致遠小令，彷彿唐人絕句，秋思一套，直似長歌矣！且通篇無重韻，尤較作詩為難，周德清評為元詞之冠，洵定論也。

回憶余小時，外公要我與大表弟排排坐，隨外公哼唱此篇秋夕，背得出就有糖可吃，光景記憶猶新。當時引起最大爭執的，卻是詩中第三句的「天階」。阿姨向外公拌嘴說，天街要比天階來得妥當，因為既有天河，兩岸自然有街道，天階又從哪兒來？外公笑著對外婆說，這個孩子不簡單，話也有道理。便交代我媽媽，找到古版本來查閱，果然刻本是天街，而非天階，而今之市售版本，仍植成天階。但管見以為，天街是神話，天階是天井邊近廳堂的台階。躺在那兒露水不沾，正是實情，「天街」是道家有神論，「天階」是佛家無神論，道、佛教皆唐時先後所宗，故生異詞。

《荊楚歲時記》稱：七月初七日晚上，相傳為牽牛、織女雙星的聚會之日，每年七夕，喜鵲在銀河上搭橋，引渡牛郎到天河另岸，與織女星相敘。

蘅塘退士初選時，木刻版本此詩有注曰：

牽牛織女星：星經牛六星有天河東，上抵天津扶筐，又名天穀木星也。天之關梁日月五星之中道，主犧牲之事。織女三星在河西北，又名東橋，天帝之女水官也，春夏必先見，主果蓏絲棉珍寶，三星俱明，天下平女工善。天官書：牽牛為犧牲，其上河鼓婺女，其北織女，織女，天孫女也。

此猶「詳析」所指：牽牛星一名河鼓，在天河之東，織女一名天女，在天河之西。其實，「天河」乃是橫亙天空，若干聚星所形成的長帶，狀似河川而名。依照民間傳說，牽牛星在天際，工作勤奮深受時譽，天孫乃以其女，即掌理女紅愛女嫁予，不圖婚後彼此因情篤，原應負責之工作，公務俱廢。天孫甚惱，便決定各退居到原岸，工作不怠忽，始准在每年七月初七夜晚，俗稱「七夕」，即本篇所名的秋夕，由喜鵲在天河上搭為橋樑，牛郎便至織女閨處，歡渡一宵，翌晨折返，俗指的「鵲橋會」便是。完成七夕牽牛織女兩星企盼，她們的歡會，大夥也為之一樂也。

35.贈別（其一）

杜牧

娉娉嫋嫋十三餘，豆蔻梢頭二月初；
春風十里揚州路，卷上珠簾總不如。

《中國文學欣賞》曰：至人皆蘊真情，蘊真情乃有至文，非矯飾可躋也。《日知錄》云：末世人情彌巧，文而不慚，固有朝賦采薇之篇，而夕有捧檄之喜者。苟以其言取之，則車載魯連，斗量玉蠋矣！曰：是不然，世有知言者出焉，則其人之真偽，即以其言辨之，而卒不能逃也。黍離之大夫，始而搖搖，中而如醉，既而如噎，無可奈何而付之蒼天者，真也。汨羅之宗臣，言之重，辭之複，心煩意亂，而其詞不能以次者，真也。栗里之徵士，淡然若忘於世，而感憤之懷，有時不能自止，而微見其情者，真也。其汲汲於自表暴而為言者，偽也。

上述所指，無非汰偽存真而著論。然而從寓作者的個人立場言之，似又以揚善隱惡為所尚。像杜牧如此地直言不諱，毫不隱諱，形之於詩，千古流傳，實亦少見。故其之定評，謂「剛直有奇氣」信不誣矣！論家指出，唐代官吏府中，有「官伎」之設，故上至宰輔，下至牧守、僚佐，皆能在公餘之暇，有所盡歡。至於白行簡為李娃所傳；白居易為琵琶女詠歌，且均載在史冊，人不以為忤，可見乃世風所驅，無足怪也。

本篇的嗟傷，情真而意切，乃是一首道地的愛情詩，顯出了溫厚、真摯的無奈。以一位十三、四歲，尚未足齡的弱女子，為了一家人的生活，不惜出賣靈肉，犧牲奉獻。難道這還不夠慘麼？是以時評曰：誦其詩，想其人，覺情真語摯，固未見有何輕薄之處。然則，此為三百首中入選於七絕者，又豈是偶然？

談到杜牧生平，最可信賴，確切不移的，自然是他在中年期，夢人告以「爾應名畢」，復夢書「皎皎白駒」字。或曰：「過隙也」。俄而炊甑裂，牧以為不祥，乃自為墓誌，述其生平大略，所有不足取之詩文，悉火焚之。但在此誌銘中，僅為作官時之縷敘，甚少涉及私生活。倒是後人稗記、詩話或小說中，往往有長篇累牘的載記，真贋莫辨，採信及引敘者亦少。惟有于鄴的《揚州夢記》，較具可信度。緣于鄴於杜牧，同時而稍晚，也是杜曲人，乃牧之的小同鄉，書中就牧之的行徑，有扼要的追敘，云：

杜牧，字牧之，少有逸才，下筆成詠，弱冠擢進士第，復捷制科，少俊，性疏野放蕩，雖有檢刻，而不能自禁。會丞相牛僧孺，出鎮揚州，辟節度掌書記。牧供職之外，唯以宴遊為事。揚州勝地也。每重城向夕，娼樓之上常有絳紗燈萬數，輝羅耀列空中，九里三十步街中珠翠填咽。邈若仙境，牧常出沒馳遂無虛夕，所至成歡，無不會意。

這也正是前面談到《芝田錄》中所說：街子輩報貼，說杜書記平善，沒有惹事，有相同的指陳，牧之在公餘之暇，往往糾合三兩同好，冶遊於花市的背景，至於同情這位十三、四歲弱女，憐而贈別，就無可厚非了！

也許，我們可以從另外一個角度來談一談杜牧。杜牧的祖父杜佑，字君卿，以父蔭補濟南參軍，歷嶺南、淮南節度使，德宗、憲宗初，兩攝冢宰，進司徒封岐國公，以太保致仕。佑嗜學，雖至夜分猶讀書。為官清正廉潔。其子不幸中年逝世遺二孤孫。長孫即牧之，次孫顗，又病目傷明，成為盲人。自祖及父之逝家無擔石。養活全家胥賴牧之一人負擔。至於牛帥僧孺，念長官之遺孤，多所照顧，也是極其自然的事。杜牧幼年喪父，天倫之樂全無，聰明多才，英姿挺發。目睹此破碎家園，待其給養、照顧，哪得不煩。揚州多花街柳巷，縱然牧之能自持，姐兒那有不愛此才貌並健，氣質儒雅之少年小夥子，是以牧之流連此中亦可謂無可奈何，借酒澆愁，亦云苦矣！

值得指出的，他卻是位謙謙君子，並未玩物喪志，反而敢於列論大事，他的論文，如〈罪言〉、〈原十六衛〉、〈戰論〉、〈上李太尉論邊事啟〉，都是針對當時事局，所提出的忠言，也許這十年的揚州夢，被人忽略了上述的論文，不過，他的〈阿房宮賦〉，成了及第以前柳公權太夫人，所竭力譽揚的宏文，也因之得中進士，是千古流傳的佳話，如此，則杜之能言，就不是無據了！

史家評論杜牧，在唐代詩人作品中，有如此突出、坦率陳詞，實非旁人辨得到。而其立言之剛直、俐落又何嘗不是後世之垂範來！

36. 贈別（其二）

杜牧

多情卻似總無情，唯覺尊前笑不成；
蠟燭有心還惜別，替人垂淚到天明。

《唐詩三百首詳析》轉述《杜牧別傳》云：牧在揚州每夕為狎斜遊，所至成歡，無不會意，如是者數年。詳析仔細推演，認此二贈別篇，其一贊其美麗；其二抒其別情。本篇首句是自致歉意，謂以前歡聚何等多情，而今別去轉覺無情，二句是離筵寡歡；又是緊承多情。三四句以蠟燭垂淚，象徵多情，仍以有心與多情相呼應，並非說人反無心。讀此正覺兩人一往情深，有難解難分之態。

詳析之解，分明指杜為「大眾情人」，此詩則「有志一同，一體通用，藉符別傳之所至成歡。無不會意之旨」。管窺以為不然，詳析強作解人，難以服眾。先是贈別其一，明指為惜此十三四歲的女嬌娃，有感而賦，詩面早已明白標出，毫無可以置疑處。

本篇其二，則意有所激，為知心人之別離，後會不可期，感慨而發，反而與「無不會意」背道而馳，若情有所鍾焉。至於未如其一詩中，道出此娃特徵，乃是留有餘地。因牧去後，娃仍得營賣笑生涯，彼此會博一粲以念，彼此心照也！不其然耶！

余年逾八十，盡多閱覽空間，也曾耗一月時辰，遍讀杜樊川詩四卷、外集詩一卷、別集詩一卷。有指其「剛直有奇節」之信而不虛。用情之專，從未見詩之泛泛，茲選其作數首於次，如：

春思

豈君心的的，嗟我淚涓涓。帛羽啼來久，錦鱗書未傳。
獸爐凝令焰，羅幕蔽晴煙。自是求佳夢，何須訝晝眠。

寄遠

前山極遠碧霞合，清夜一聲白雲微；
欲寄相思千里月，溪邊殘照雨霏霏。

留贈

舞靴應讓閒人看，笑臉還須待我開；
不用鏡前空有淚，薔薇花謝即歸來。

偶作

才子風流詠曉霞，　橋樓吟住日初斜；
驚煞東鄰繡床女，　錯將黃燈壓檀花。

遣懷

道泰時還泰，時來命不來。何當離城市，高臥博山隈。

寄遠人

終日求人下，迴迴道好音。那時離多後，入夢到如今。

上述諸詩中，皆言之鑿鑿，不敷衍搪塞。意有所激。得詞似遣懷。謂其有奇氣似不過分，謂其濫情，竊以為有失忠厚。尤以其對親屬家人之愛，詩詠賺人熱淚。余曾勸諭怡兒，能伺機教讀鈞孫及筠孫女，激發親情於有意無意間也。其〈別家〉云：

初歲嬌兒未識爺，　別爺不拜手托叉；
附頭一別三千里，　何日迎門卻到家。

另一〈歸家〉詩云：

穉子牽衣問，　歸來何太遲？
共誰爭歲月，　贏得鬢邊絲。

一片溫馨，揚溢於詩中，卻未能為三百首選所重，為之茫然。尤以《全唐詩》，在集錄杜詩，所附之個人資料：杜牧，字牧之，京兆萬年人。太和二年，擢進士第。復舉賢良方正，沈傳師表為江西團練府巡官，又為牛僧孺淮南節度府掌書記，擢監察御史、移疾，分司東都。以弟顗病，棄官。復為宜州團練副官，拜殿中侍御史，內供奉。累遷左補闕。……拜考功郎中，知制誥，遷中書舍人卒，年五十。

從其一生簡述歷中，意以其弟顗之病目，傷明成盲，遂棄官居家力為料理，祇以其父早逝，家境蕭條，牧之一肩挑起全家生計。如此情懷，世不多見。〈寄弟〉詩云：

江城紅葉盡，　旅思倍淒涼。
孤夢家山遠，　獨眠秋夜長。
道存空倚命，　身賤未歸鄉。
南望仍垂淚，　天邊雁一行。

另有〈冬至日遇京使發寄舍弟〉詩曰：

遠信初憑雙鯉去，　他鄉正遇一陽生。
尊前豈解愁家國，　輦下惟能憶弟兄。

旅館夜憂姜被冷，　暮江寒覺晏裘輕。
竹門風過還惆悵，　疑是松窗雪打聲。

如此一位剛直詩家，祇緣其才高志廣，受忌於當時，始有不修齷齪小謹之譏，如以此「贈別」驗之，以偏概全，莫此為甚也。牧之有〈冬至日寄小姪阿宜〉五古，凡四三〇言，讀來令人酸鼻。末云：「我若自潦倒，看汝爭翺翔。」英雄氣短，徒呼奈何耳！

37. 金谷園

杜牧

繁華事散逐香塵，流水無情草自春，
日暮東風怨啼鳥，落花猶似墜樓人。

蘅塘退士指本篇後兩句內涵繁複，有十三層之多，萬千感慨，一洩於不言中，為之太息。但人之一生，總有無限往事值得回味。其實本篇又何嘗不是牧之，藉他人杯酒澆自家壘塊來?至於十三層云，選者生於帝制時，選此詩言若干有關制弊，亦無法明指，文字獄之慘烈，昭人耳目。祇能以揣度心情，抒發觀感而已!

《晉書》石苞傳稱，苞字仲容，渤海南皮人，雅曠有智局，容儀偉麗不修小節，魏帝禪位時苞也是功臣，武帝踐位封苞大司馬，進封樂陵郡公，加侍中。泰始八年將終時，力誡家人斂以時服薄葬之。有子：越、喬、統、浚、儁、崇等六人。臨終前分配財物五分，以授上五子，惟崇未得分文，其母為鳴不平，苞還答：此么兒雖幼，長大後未可限量，毋慮。是以石崇二十多歲時，便已成為修武縣令，有政聲，遷散騎郎，出為城陽太守，伐吳有功建安陽鄉侯。穎悟具才識，任俠而失行檢，荊州刺史任內，常暗自領軍出巡邊鄙，掠劫遠途客商，涉險而狡猾深藏不露。使人無法偵悉。縱有知者，憚於崇之淫威，事無佐證不敢言。因此而集橫財遽成豪富。時謂雖一國之藏不逮也。此論流入史冊可見非妄。祇以暴奪人財以致富，天道亦不佑，終於慘遭殺害，豈非報應？

史載：石崇即廣集厚財，遂於河陽之金谷，建立別館。即本篇詩題所稱之「金谷園」是。送者傾都，暢飲於此。金谷一名梓澤，在今河南省洛陽市西北。石所建園，室宇宏麗，後房百數皆曳紈繡，珥金翠，絲竹之設，極當時之選，庖膳之具，窮水陸之珍，與當時之貴戚：王愷、羊琇諸人，競以奢靡，相互炫耀。愷以紫絲布作幛，延綿四十里之遙，崇見之不爽，改以錦繡為幛，長至五十里以上，相與匹敵。崇於屋內塗椒，一旦登堂香氣滿溢，王愷則以赤石脂敷壁，光燦照人，互爭一日短長，如此豪奢費心耗財之舉，相較勝負，令人慨歎。

《晉書》石苞傳中指出：「石崇曾諂事時宰賈謐，及賈伏誅，崇亦免官，當時趙王倫專權，崇姊子歐陽健，與趙王有隙，孫秀知石崇有愛姬綠珠，深受崇愛寵，時刻不離左右，嗾使趙王索取，自然會引發石崇與司馬倫間衝突，一旦趙王震怒將因此危及石之安全。司馬倫認為可行。逕派人到金谷園向石崇坐索綠珠，前者金谷園使者，傳達孫秀之意，有所干請。當時石崇正在金谷園樓與人讌飲，綠珠隨侍在側，來人說明意圖，石崇便要歌妓們集中，聽憑挑選。不料來人卻以指名坐索綠珠之意，惹得石崇勃然大怒，回說：綠珠是我至愛，無法從命。來人見狀，一再婉言勸說石崇：君侯通達事理，明曉恩怨，何必為了一位歌妓，觸怒權貴，與自身亦大不利，石崇執意嚴拒，使者只得回返覆命，於是孫秀唆使趙王倫，假傳聖旨，到金谷園拘捕石崇，聖旨下達時，石崇仍在樓前宴客，接聖旨，石崇回顧一旁愛姬綠珠說：為了妳使我得罪孫秀，嗾使趙王拘我，恐怕此去性命也難保。綠珠聽了深受感動，涕淚相連，對石崇言道，官人為妾受累，深感厚恩，今當以死相報。說罷，自樓邊窗口，一躍而下，墜樓而亡。這也正是本篇末句「落花猶似墜樓人」，所詠的典實。前此，石崇既已拒絕趙王倫坐索綠珠，知禍在燃眉，乃與黃門郎潘岳協議，聯合淮南王允及齊王冏，全力攻伐趙王倫，取位以代，不料早已為孫秀偵知，力促司馬倫，採取緊急行動，矯詔收繫石崇。本來，石崇以為縱然有罪，當不致於死，或僅流放去交州而已！不料拘石的囚車，直馳「東市」刑場。崇發覺知已不免一死，不禁長嘆道：這些奴才看中我的財富，落得如此下場。拘役反問：早知財能害人，為何不早做散財來消災呢，崇不能答。全家十五口，包括他的母親、妻子、哥哥、兒子，斬草除根，同時遭到殺害。

反而是綠珠的先行墜樓，不但對石的以死相報，受到後人的讚揚，千古流芳，同是一死，有如此輕重之別，使後世論家，多了一份題材，感慨未已！至於蘅塘退士指杜在本篇中，有十三層意旨，這從上面的縷敘中，層層相因，影響所及，又何止於十三層來！總是非分之財不可取，越分享受不可圖，嬌妄心態不可有，石崇之敗，咎由自取，值得後人之警惕。

唐時，詩人劉商之〈綠珠怨〉使人讀來猶有餘哀，云：

從來上臺榭，不敢倚欄干。零落知成血，高樓直下看。

38. 夜雨寄北

李商隱

君問歸期未有期，巴山夜雨漲秋池；
何當共剪西窗燭，卻話巴山夜雨時。

本篇是三百首詩選，七絕中爭議最多的一首。理由很簡單，此為七絕詩中，使用「重詞」最精警的，通篇二十八字中，竟然有巴山夜雨四字的重疊，然而，卻也非始作俑者，蓋賈島的〈渡桑乾〉，詩云：

客舍并州已十霜，歸心日夜憶咸陽；
無端更渡桑乾水，卻望并州是故鄉。

深受韓愈賞識，認為是賈詩中的警策，詩中使用「并州」重詞，意境也深遠，受到時人肯定，傳揚開來，李商隱心有不甘，遂以本篇來和賈詩相較量。但在洪邁所輯集的

《唐詩首絕句》中，篇題已改成〈夜雨寄內〉，緣此是商隱在巴蜀時，懷念在長安的妻子而作，改題反而更好。可是論詩家指李心胸太窄，詩的內涵不如賈，僅為標新立異而已，孫洙選用本篇，尤其不當。其實，談到詩使用「重詞」，當回溯到六朝時，鮑照的〈代東門行〉樂府詩，代者倣也，鮑依原有樂府東門行的音韻，製成後的詩是：

傷禽惡弦驚，倦客惡離聲。離聲斷客情，賓御皆涕零。
涕零心斷絕，將去復還訣。一息不相知，何況異鄉別。
遙遙征駕遠，杳杳白日晚。君人掩閨臥，行子夜中飯。
野草吹草木，行子心腸斷。食梅常苦酸，衣葛常苦寒。
絲竹徒滿座，憂人不解顏。長歌欲自慰，彌起常恨端。

此係古樂府的相和歌，歌實由虛擬。極寫行旅客人的思家。前半追敘離別時淒苦情。後由描繪客居中的愁況。行中不難看有重詞之現，成為古樂府詩使用重詞的先河。《樂府廣予》曰：東門行歌出東門，賢者清，不得志於時之作也。原有四解，云：

出東門，不顧歸，來入門，悵欲悲。盎中無斗儲，還視桁上無懸衣。
拔劍出門去，兒女牽衣啼。他家但願富貴，賤妾與君共餔糜。

共餔糜，上用倉浪天。故下為黃口小兒，今時清廉難犯，教君言，復自愛，莫為非！

今時清廉難犯，教言君，復自愛，莫為非。行，吾去為遲，平慎行，望君歸。

諺云：「家有賢妻，夫不遭橫禍。」通篇歌行，純係妻對夫君敘辭，上有蒼天，下有嗷嗷待哺黃口小兒，天理人情，必須兼顧，強取豪奪，縱然能逞一時之快，天網恢恢，國法不容，既斷送自家前程，又累及妻兒，不可不慎。不如安居家中，吃粥喝湯，靜待機宜也。由於妻子的一再叮嚀，雖有重詞而不自覺，是以無論是代東門行，以及東門行，目為古詩重詞之始用，並非無據。

《宋書．樂志》列敘有十五大曲，曰：東門、西山、羅敷、西門、默默、園桃、白鵠、碣石、何嘗、置酒、為樂、夏門、王者布大化、洛陽令、白頭吟。

東門行列為最前，可見其受重。

現在續談唐人詩中〈重詞〉、〈三百首選〉七律首篇。

黃鶴樓　**崔灝**

昔人已乘黃鶴去，此地空餘黃鶴樓。
黃鶴一去不復返，白雲千載空悠悠。

晴川歷歷漢陽樹，　芳草萋萋鸚鵡洲。
日暮鄉關何處是，　煙波江上使人愁。

詩中三用「黃鶴」，成了律詩用詞的三重奏，蘅塘退士明指，嚴滄浪云：「唐人七律詩，當以此為第一」。

稗史載：李太白遊黃鶴樓，正欲題詩，驀然見崔作，頓時打消此念，但筆已在手，不得已，題打油詩云：

一拳打倒黃鶴樓，　兩腳踢翻鸚鵡洲；
眼前有景道不得，　崔灝題詩在上頭。

王世懋以為，由於崔的黃鶴樓詩，李遂倣此章法，題詩鳳凰臺，古今目的勁敵。但也有人李詩前六句不能當。結句亦散漫。所以，高步瀛謂，李詩完全是倣作，在立意上，首先便輸了一籌。但其結句反而比崔詩更勝。李詩是：

登金陵鳳凰臺　李白

鳳凰臺上鳳凰遊，　鳳去臺空江自流。
吳宮花草埋幽徑，　晉代衣冠成古丘。

三山半落青天外，　二水中分白鷺洲。
總為浮雲能蔽日，　長安不見使人愁。

蘅塘退士反而不以為意，一併列在七律選之第六篇，且旁注為：傷時事、憂帝室。享受到比賈島更高的際遇，並指出：浮雲一詞，按陸賈新語：「邪臣之蔽賢，猶浮雲之障日月也」。管窺以為，李詩中之浮雲，未嘗不是暗切楊國忠、高力士；而孫洙之選用此，豈意在慈禧之近臣及李蓮英輩耶？

39. 寄令狐郎中

李商隱

嵩雲秦樹久離居，雙鯉迢迢一紙書；
休問梁園舊賓客，茂陵風雨病相如。

在未談此詩前，先談李商隱與令狐郎中交往的淵源。當令狐楚任河陽節度使時，李拿著自己文稿求謁，深受賞識，便留在幕府中任事，等到令狐轉任天文節度使時，不但將李帶了去，還提拔他擔任巡官，這時商隱也還不過是個十八歲的小青年而已！

雖然商隱的文才，受到賞識，但他不喜偶對，是以對律詩、駢文和表章、奏摺等需要使用這類文體時，便茫然無措，幸而令狐對此深具素養，熱愛部屬，常於公餘之暇，指導進修，李因此而痛下功夫，博學強記，盡得其妙。故能在幕中勤習舉子業，終於在文宗開成二年中進士第。不幸令狐楚在山南節度任內逝世，使李頓失依傍。只好到他處謀生，正好涇原節度使王茂元，也很欣賞李的才華，不但招致入幕，還將女兒嫁給他，分明成了王的愛婿。然而當時朝廷中，已成兩派的尖銳對立。一派是由牛僧孺、李宗閔協力領導，像令狐楚、崔戎、楊嗣復、白敏中及杜悰諸子，都是這一派的中堅，被稱曰「牛黨」。另一派是由李德裕所領導，旗下有王茂元、鄭亞、李回諸子，則被稱為「李黨」；商隱求職到王茂元帳下，不啻是「跳槽」的叛徒，使得牛黨至為激憤。尤其在令狐楚逝世後，他的兩個兒子令狐緒和令狐綯，更是恨得牙癢癢地。緒以蔭仕，歷任隋、汝、壽三州刺史，性和善，對商隱倒還沒有過多的責難。乃弟令狐綯便不一樣，提起李商隱的背叛乃父去事仇，為之切齒。宣宗時為吳興太守。而李黨正在得勢，亦無可如何，又一不幸，此時商隱又丁母憂，必須回鄉守制，待服滿復出時，牛黨已取而代之，掌握了朝政。時綯為員外郎，李表明了心跡，這才有此詩之敘，表明自己的無辜。

《唐詩選評釋》就本篇詩後，釋之曰：令狐郎中，即令狐綯也。傳稱王茂元鎮河陽，辟義山為掌書記，又愛其才，以女妻之。茂元雖屬文儒，究是將家子，李德裕素厚遇之，時德裕秉政，用為河陽帥，德裕與李宗閔、楊嗣復、令狐楚、楚大相仇怨。義山既為茂元之從事，宗閔黨大薄之，時令狐楚已卒，子綯為員外郎，目義山為背恩，尤惡其行，此時以嵩雲指自己，以秦樹指令狐所居，又以梁園賓客自況，嵩嶽、梁園，俱為河陽之地，蓋既就河陽之婚以後，而寄此詩與在京之令狐綯者也。令狐已恨義山刺骨，此詩猶細述自己纏綿宕往之情意，欲借以表白自己心跡，非遊移於黨局中，似希其交遇之如舊，其詞甚悲，實亦欲以此詩動他也。

評釋繼又指出：司馬相如遊梁，為梁孝王賓客，後事於武帝之朝，雖曾為孝文園令，然殊非膴仕，既而病免，家居茂陵，以憂渴卒，僅於身後，以楊得意荐，求遺稿於其家，得封禪書一篇，武帝大加激賞。姚平山曰：相如臥病於茂陵，非楊得意，武帝無由知，此以楊得意望令狐綯也。此其一面之意義，要之。通篇格韻俱高，一唱三歎。

《北夢瑣言》稱：李商隱員外，依彭陽令狐楚，以箋奏受知，相國既歿，彭陽之子綯，繼有韋平之拜疎，隴西未常展分，重陽日義山詣宅，於廳事上題詩曰：

曾共山翁把酒時，　霜天白菊繞階墀。
十年泉下無消息，　九日樽前有所思。
不學漢臣栽苜蓿，　空教楚客詠江蘺。
郎君官貴施行馬，　東閣何因再得窺。

綯睹之，慚悵而已。乃扃閉此廳。終身不視。

《唐書》令狐綯傳載，大中二年召拜考功郎中，尋知制誥，充翰林學士。商隱因以詩賀之。云：

秘殿崔嵬拂彩霓，曹司今在殿東西。
賡歌太液翻黃鵠，從獵陳倉獲碧雞。
曉飲豈知金掌迴，夜吟應訝玉繩低。
鈞天雖許人間聽，閶闔門多夢自迷。

令狐綯得此後，也曾作詩回贈相酬答，以示謝忱。於是商隱始賡續寄至〈酬令狐楚見寄〉，反覆致賀，無非想縮短彼此間之心結，詩云：

望郎臨古郡，佳句灑丹青，應自邱遲宅，仍過柳渾汀。
封來江渺渺，信去雨溟溟，句曲聞仙訣，臨川得佛經。
朝吟搘客枕，夜讀漱僧瓶，不見銜蘆雁，空流腐草螢。
土宜悲坎井，天怒識雷霆，象卉分疆近，蛟涎浸岸腥。
補羸貪紫桂，負氣託青萍，萬里懸離抱，危於訟閣鈴。

李一再贈詩，甚至日後續寫之五十長篇，訴說更幽，卻未見反映，故本篇詩中有「雙鯉迢一紙書」之嘆，傷已！

40. 為 有

李商隱

為有雲屏無限嬌，鳳城寒盡怕春宵；
無端嫁得金龜婿，辜負香衾事早朝。

蘅塘退士編選《唐詩三百首》，其中七絕六十首，杜牧詩九首，李商隱詩七首，約佔三分之一，而白居易詩，僅一首而已，似與卷首辭中所指：世俗兒童所授千家詩，取其易於成誦，故流傳不廢，但其隨手拾，工拙莫辨，頗有違心之論。李商隱初為文，瑰邁奇古，後為長短句，繁縟過之，乃是晚唐詩人中，唯美文學的重鎮，以無題之作寫一生戀愛故事，被指成「詩謎專家」，此類作品，是否有礙於習讀唐詩兒童之心理，姑置不論，但以如此眾多詩篇入選，殊有商榷餘地。然而，朱自清先生在唐詩三百首閱讀指導中，卻又以為：詩的含蓄，詩的多義，詩的暗示力，主要的建築在廣義的比喻上。於是典故的使用，是詩的主要生命元素，不能忽略。如何取捨，端在各人的持見了！

本篇題「為有」，實係首句的前二字，和無題詩沒有兩樣，有人指此專為悼念宮嬪飛鸞、輕鳳二妹之作，實在也是「有」所「為」的暗示，由於文人與宮嬪不得有所交往，只好用打啞謎的方式來發洩一番了！

原來李自離天平節度府，去京師求試，時年廿一歲，受到賈餗排斥，灰心之際便和修道院女冠宋華陽廝混，等到華陽姐妹共戀永道士，李便改和宮嬪飛鸞、輕鳳堂姊妹倆，在曲江幽會。開成四年，文宗因追理讒毀莊恪太子案，嚴格整飭宮中風紀，宮使十人問斬，這才使飛鸞二妹驚悸，恐東窗事發，會禍及全家，不得已雙雙投井殉情。商隱於無可奈何之際，發為此詩詠的。真不知蘅塘退士夫婦，是同情此一畸戀，或欣賞此詩運典別致，才選用此篇的。篇中包括「雲屏」、「鳳城」和「金龜」三則典故，茲分別援引縷敘於次：

《西京雜誌》稱：趙飛燕有長姊，原為漢成帝后，後飛燕亦入宮同侍帝側，姊妹皆受寵，其姊為了籠絡妹心，特賜飛燕：雲母屏風，水晶鏡屏，用作室內裝璜，每值夜幕低垂，燈燭光華從屏風及鏡屏，反射照耀，燦爛玄奇，增添出美女嬌艷，使皇上更增一份愛憐，其姊逝後，飛燕繼立為后，雲、屏之功不可沒也。

《水經．渭水注》云：秦穆公時有簫史，在吹奏時，抑揚頓挫，會引來不少白鶴和孔雀，棲止聆聽，穆公女兒弄玉也愛吹簫，遂命簫史加以指點，相處日久，公主竟愛上簫史，為此穆公特建一座鳳臺，將公主賜嫁。十年來，簫史弄玉雙雙乘鳳飛去，此鳳臺遂改丹鳳城，作為紀念。

唐代官制，對忠於職掌著有功績者，往往有賜金魚袋的賞賜，如同今日政府頒贈官員勳、獎章相似。至於親王、駙馬，例授三品官，賜金魚袋，天授二年改金魚為金龜，是以公主的丈夫，自然而然地，稱金龜婿了。祇是既屬三品官，就必須每天上朝，無法終日廝守府第，與公主耳鬢相磨。或謂本篇第三句，乃是暗示兩姝身份特殊，使商隱有無法朝夕相守之苦，倒也說得過去。祇是這三個典故，都是描寫出「男歡女愛」的場景，站在欣賞詩之意境而言，殊非正格。

朱鶴齡指出：「本篇與王昌齡閨怨（五），立意相同，只是比較尖刻罷了！」管窺竊以為不然，王作清新流暢，一片哀怨，盡洩此詩情畫意中，詩與名吻合，並未包藏禍心，本詩則不然，處處產生猜疑，費解，何可論比。復有論家指出：「李商隱，號玉溪生，懷州河內人，開成二年進士，令狐楚奇其才，招致幕中，王茂元鎮河陽，表掌書記以女妻之。歷參幕府終於工部員外郎。以薄官終其身，卒年四十五歲。其為人也，好風流而不剛正，行詭薄而無氣節。美才華而不知兵。其為詩也，纖巧而無豪邁，香艷而有含蓄，晦澀而不清俊，故其人品較之杜牧尚且不及，而其詩與杜牧相較，則各有千秋。」此論雖較為尖刻，但不失為平允，質之高明，以為允當否？

《李義山詩集》為清順治間，朱鶴齡所箋注，集前有序端為之迴護，其中有謂：或曰義山之詩半及閨闥，讀者與玉臺香奩例稱，荊公以為善學老杜，何居？予曰：男女之情，通於君臣朋友，國風之螓首蛾眉雲髮瓠齒，其辭甚褻，聖人顧有取焉，離騷託芳草以怨王孫，借美人以喻君子，遂為漢魏六朝，樂府之祖，古人之不得志於君臣朋友者，往往寄遙情於婉孌，結深怨於蹇修，以序其忠憤無聊，纏綿宕往之致，唐至太和以後，閹人暴橫，黨禍蔓延，義山阨塞當途，沈淪記室。其身厄則顯言不可，而曲言之，故義山詩風人緒音也。

41. 隋 宮

李商隱

乘輿南遊不戒嚴，九重誰省諫書函；
春風舉國裁宮錦，半作障泥半作帆。

楊文公《談苑》指李商隱為文，多簡閱書冊，左右鱗次，號獺祭魚。是則李之詩作中，多用典故，甚多晦澀難解者，然而本篇全是大實話，無稍含混，但在李義山詩集中，指此詩題亦有作「隋堤」者，評謂詩中後二句微有風姿，前二句辭直而意盡，並未受人所激賞。詩中所指，乃是隋代第二任帝王煬帝之作為。

隋煬帝楊廣，少敏慧，好讀書，善屬文，性沈寂，矯情飾行，以釣虛譽。用悖逆詐謀而承大業。即位後，慕秦皇漢武之為人，好大喜功，奢淫無度，先後從長安到江都，建行宮四十餘所，供巡遊時節駐之備，在洛陽西，營西苑，周圍二百里，內有海周十里，海上復置方丈、蓬萊諸山，蔚為壯觀。復西自陝西榆林，向東拓首至薊城，闊百步，綿延三千里，號為馳道，流暢通行。修復長城，由榆林東向，以至綏遠之紫河，勞民傷財，已使生民疾苦，不堪言喻。尤其以開鑿運河之工程浩大，自邗溝引淮水而南，直通長江；從鎮江（昔稱京口）引長江水通杭州；從潼關側引水至長安；自洛陽引穀洛水北通黃河；自汜水引河水通汴水；及於泗水而入淮河。此一水系網路之完成，雖有利於民生，但綿延轉曲，純屬為旅遊而著眼。今之通揚運河，實係黃河由陝西長安，御舟航道通達而設計，而此詩又有稱為隋堤者，緣於運河沿線均有護堤之故。

《隋書・煬帝本紀》：「大業十二年秋，七月甲子，煬帝幸江都（行）宮，以越王侗、光祿大夫段達，太府卿元文都，檢校民部尚書韋津、右武衛將軍皇甫無逸、右司郎盧楚等，總留後事。時奉信郎崔民象，以盜賊充斥，於建國門上表，諫不宜巡幸，上大怒，先解其頤，乃斬之。」崔的一片忠誠，純係為國懷憂，惹得煬帝大怒。縱有不當罪不致死，先解其頤再斬首，一罪兩罰慘烈至此。諫書函誰省，不言可喻矣！

煬帝本紀末，撰書史臣慨乎論之曰：「煬帝矯情飾貌，肆厥姦回，故得獻后鍾心，負其富強之資，思逞無厭之欲，挾殷周之制度，尚秦漢之規模，恃才矜己，傲狠明德，內懷險躁，外示凝簡，盛冠服以飾其姦，除諫官以掩其過，淫荒無度，法令滋章，受賞者莫見其功，為戮者不知其罪，驕恣之兵屢動，土木之功不息，頻出朔方，三駕遼左。旌旗萬里，徵稅百端，猾吏侵漁，人不堪命，乃急令暴條以擾之。嚴刑峻法以臨之，甲兵威武以董之。自是海內騷然生矣。書曰：天作孽，猶可違，自作孽，不可逭。傳曰：吉凶由人，祅不妄作。觀隋室之存亡，信而有徵矣！」

史言的論述，客觀而持平，據實指陳，本篇李詩祇以其奢侈著眼，宮錦係衣飾用料之最華貴者，民間日常衣著所需，悉賴棉、麻織成，絲織品至費，人多惜用，今則巧喻宮中以錦緞，作為坐騎馬鞍側的「障泥」之備，餘則可以想像得之矣！

以「隋宮」作詠，商隱尚有七律之作，詩云：

紫泉宮殿鎖煙霞，欲取蕪城作帝家。
玉璽不緣歸日角，錦帆應是到天涯。
於今腐草無螢火，終古垂楊有暮鴉。
地下若逢陳後主，豈宜重問後庭花。

詩中典實不少，如：紫泉、蕪城、日角、錦帆、垂楊、陳後主、後庭花等，因非本篇之屬，故不再注敘。倒是其中「錦帆」一辭，本篇中依稀見之，其實錦帆就像是菩薩、仙后出巡時，在鑼鼓喧嗔聲響樂器吹奏前後，有撐舉四周縷金嵌鑲的旗牌，就是錦帆，且有「肅靜」、「迴避」諸字眼者便是。

另，劉滄的〈經煬帝行宮〉，詩云：

此地曾經翠輦過，浮雲流水意如何。
香銷南國美人盡，怨入東風芳草多。
殘柳宮前空露葉，夕陽川上浩煙波。
行人遙起廣陵思，古渡月明聞棹歌。

沈德潛評此詩之「餘韻猶存」。然而，今日的揚州，也便是昔日的江都、廣陵、行宮之址無由復尋，誠如詩句有謂：「人間世事有滄桑，惟有此詩憶當時。」如此而已！數千年來，帶動了揚州繁華，清人入關，所引發的「揚州屠城」，連續十天，人畜絕跡，慘不忍聞，其後始再予恢復者，如今揚州繁富依舊，無復有人再及此矣！

42. 瑤池

李商隱

瑤池阿母綺窗開，黃竹歌聲動地哀；
八駿日行三萬里，穆王何事不重來。

《唐詩概論》稱：中唐詩人李賀，作品便很晦澀。然吾人讀其：石破天驚逗秋雨，金虎蹙裘噴血斑等句，知其故作險怪奇突語，以驚駭世俗而已！決不想去尋找什麼內容，而且句句可以解釋，至於李商隱的晦澀，則無可解釋。內容卻又總像影影綽綽，蘊藏了許多東西似的，常會引起讀者探索的好奇心。但千餘年來雖註家輩出，終莫得其要旨，因此有人直截指出，別家詩都可箋註，獨李商隱集，無一人能下手，若非其中大有秘密，何至於此。註家既無從下手，於是遂有「寄託」之說發生，至清而此說尤盛。議論決非無因，如本篇疑是諷武宗之作，不值其學仙之荒唐無益也。

按，唐第十五代帝王李炎，廟號武宗，性豪邁，英敏特達，雄謀勇決，喜怒不形於色。既即位，善任宰輔，勵精圖治，抑宦官，減冗官，毀佛寺，汰僧尼，光景一新。卻迷信道教，親受法籙。服食金丹，終因藥燥，影響身心健康，乃至喜怒失常，威斷不測，人皆懷恐懼之心和危機意識，誰也不敢進諫勸阻。何況，道教被尊為國教，國君崇信國教，天經地義，又有何差錯，服食金丹，祇求長生不老，不料卻重傷到內臟，竟成瘖啞，終至喪生。是則李之本篇，意有所諷，非無益之作也。李詩喜植典故，此詩亦不例外，如瑤池、阿母、八駿、穆王等均屬之。

史載：周起自武王姬發，至四代昭王時，王道微缺，南巡狩返濟水，舟人惡之，以膠舟進王，中流膠解，王溺水死，其子滿繼位，是為穆王，繼位後，舉用賢才，國以大治，惟性逸豫，曾周遊天下，及得八駿馬，以造父為御從事西征，進抵曠原，去國萬里，然後東還，巡狩之遠，亙古未聞，國威大振。由於穆王，也便是穆天子，曾周遊天下，於是若干怪異神仙之說，相繼而出。

《神仙傳》稱：瑤池乃是仙境，為西王母所居，住崑崙山上，有閬風苑，苑中有玉樓，高十二層，瑰麗壯觀，樓居翠水之右，其左即為瑤池。穆王賓於西王母，觴西王母於瑤池之上。王母為天子謠曰：將子無死，尚復能來。天子答以：將子無死，尚復能來，不來則死。可見本篇末句：穆王何事不重來，則以反映出，天子之答：不來則死，所謂：有生必有死，人豈能長生不老，故此作為嗟歎也。

《穆天子傳》稱：日中大寒，北風雨雪，有凍人，天子作詩三章，以哀民。中有辭曰：「我徂黃竹，玄員閟塞。」

關懷民瘼之心憫然，本篇二句：黃竹歌聲動地哀，即指此。然而，民困如斯，猶能周遊天下，穆王心情之矛盾，亦可見也。

《拾遺記》云：穆王八駿，一名絕地，二名翻羽，三名奔宵，四名起影，五名踰輝，六名超光，七名騰霧，八名挾翼。又《列子》：穆王乃觀日之所入，一日行千里。

古之交通工具，無論運行騎乘，以利用馬匹最為便捷，馬之健者謂之駿。所謂八駿，得於必要時加以輪替。遂疾行理想，八駿云云，既是典實，亦基於實際需要而產生者也。其實，唐人持此論者以白居易尤甚，海漫漫七古云：

海漫漫，直下無底傍無邊。
雲濤煙浪最深處，人傳中有三神山。
山上多生不死藥，服之羽化為天仙。
秦皇漢武信此語，方士年年採藥去。
蓬萊今古但聞名，煙水茫茫無覓處。
海漫漫，風浩浩，

眼穿不見蓬萊島，　不見蓬萊不敢歸。
童男童女舟中老，　徐福文成多誑誕。
上元太乙虛祈禱。
君看驪山頂上茂陵頭，　畢竟悲風吹蔓草。
何況玄元聖主五千言，
不言藥，不言仙，
不言白日昇青天。

直捷了當，對道德經五千言的尊重，慨乎言之，並未見有誣蔑，獨惜世人之不能明悟其旨，奈何？

43. 嫦　娥

李商隱

雲母屏風燭影深，長河漸落曉星沈；
嫦娥應悔偷靈藥，碧海青天夜夜心。

《後漢書》志第十，天文上，首節注四（參閱三二一六頁，十三行）羿請無死之藥於西王母，姮娥竊之以奔月，將往，枚筮於有黃，有黃占之曰：吉：翩翩歸妹，獨將西行，逢天晦芒，毋驚毋恐，後其大昌，姮娥遂託身於月，是為蟾蜍。

或謂：嫦娥為后羿之妻，兩相恩愛，羿勇猛善射，多行不為，王莽篡政時，羿有力焉，既求得不死之藥於西王母處，將獻之莽，立千秋王圖，時人惑之，亦無可奈何也。求解於嫦娥，毅然應允自其夫藏藥處取出，俟機處置，既於匆促中，竊之以出，茫然不遑置處，有黃卜解之，由其吞服後，可飛昇入月中，娥為之得以奔月。

嫦娥即姮娥，漢文帝名恆，時人為避帝諱，遂將姮娥改名嫦娥，蓋姮、恆，音、形相似之故。余讀本篇，卻另有拙見，頗不懌於蘅塘退士之選用此作。蓋嫦娥目睹當日變亂紛乘，王莽乃是始作俑者，后羿為請得無死之藥以獻，將延續莽之暴虐，民則不堪其擾，是則：莽不死，暴政不息，嫦娥為解除生民疾苦，解諸倒懸，毅然不顧夫妻之情，寧願竊藥而逃，乃是「犧牲小我，成就大我。」的偉大情操表現，亦功、利主義之一大諷刺。詩中以深悔惜之，是忽略正義之旨。如此教讀者習學唐詩之態度，是否有當，值得商榷。自唐迄今，千餘年來，為李商隱詩作，有所箋註、評論者，先後有劉貢父、黃庭堅、蘇軾、劉克、張文亮、釋道安、屈晦翁、朱鶴齡、姚培謙、程增華、馮浩、孟森等諸作，各說各話，見地不同，釋義自然有了差異。但就本篇而言，贊同或抱怨宋華陽姊妹的，大有人在，是指她倆移情別戀的不智。

原來，商隱最初和修道院女冠宋華陽姊妹，打得火燒。但在王茂元鎮河陽時，商隱表掌書記，又將女兒許配給他，一時間，李成了茂元的乘龍快婿，華陽姊妹唯恐惹火喪身，便移情別戀，和永道士成了知交，商隱本想魚與熊掌能兼而有之，華陽姊妹不吃這一套，這才引起這一段議論來。主旨全繫乎末句的碧海青天夜夜心，表示自己永不能忘懷她倆姊妹，尤其是月白風清的夜晚。自作多情，也未免太天真了些。

論家指出，本篇的「冒起」和「頓收」，是詩中一大特色，由於這種手法，含意晦澀，解釋起來，無往而不利，憑添出不少懸疑感，釋注上不免頓成難題了！但也不能否認，惟真正有才具者，始可作此費猜疑的詩來。

《唐才子傳》稱：李商隱初到長安，已小有名氣，但知道的人，還是不多，更沒有名士、詩人相往來，遂孤獨一人在旅館中投宿，很少與人打交道。一天，同旅社中大夥人在共同飲酒宴樂，有人提議何不各吟「木蘭花」詩，增添酒興。於是各自賣弄文才，李靜靜地站在一旁，被一位旅客同情地邀他入席，李入座隨興吟道：

洞庭波冷曉侵雲，日月征帆送遠人；
幾度木蘭船上望，不知原是此花身。

詩句清新警麗，座上旅客大吃一驚，經過通名道姓，才知原來就是鼎鼎大名的詩人李商隱，一直有眼不識泰山，大家都前去道歉，稱說冒犯，不知不罪，請予原諒，此詩卻也因此得以在京廣泛傳播，為人們熟知。平心而論，如果李能循軌蹈矩，努力於寫作上的磨練，未嘗不能享受到似李白、杜甫等人偉大的聲名。縱然如此，後世名家，對李詩之由衷景慕，不乏有跡可尋。《蔡寬夫詩話》有如下兩則，云：

白樂天晚年，極喜義山詩，云我死得為爾子足矣！義山生子，遂以白老名之。既長，略無文性，溫庭筠嘗戲之曰，以爾為樂天後身，不亦忝乎？然義山有衮師我驕兒，美乃無匹之句，不知詩之所稱，即此二子否，不然後世何其無聞也，又：

「王荊公晚年，亦喜義山詩，以為唐人知學老杜（杜甫）而得其藩籬，惟義山一人而已！每誦其雪嶺未歸天外使，松州猶駐殿前軍；永憶江湖歸白髮，欲迴天地入扁舟；與池光不受月，暮氣欲沈山；江海三年客，乾坤一戰場之類。雖老杜無以過也。」

是以，從另一角度觀之，正由其坎坷不偶，淒苦一生，遂使其鬱鬱之氣，化為萬丈光芒，突出奇葩，才動風雲，筆走山河的巨獻，何嘗不是不幸中的大幸呢？

44. 賈　生

李商隱

宣室求賢訪逐臣，賈生才調更無倫；
可憐夜半虛前席，不問蒼生問鬼神。

李商隱的絕句七言，一而再，再而三地出現在三百首選中，六十首中有七首，本篇之旨，則是在盡情推崇賈誼。詩題賈生，指的是賈誼，為商隱一生最崇拜的前人之一。由於賈誼有著與屈原相似的才華、遭遇及抱負，卻志難伸，屈子得年五十餘，賈生年僅三十餘，皆未享天年而殤，太史公於史記列傳二十四，屈原、賈誼列傳中指出：自屈原沉汨羅江後百有餘年，漢有賈生，為長沙王太傅，過湘水，投書以弔屈原。此詩之以詠賈生，彷彿是投詩以弔，李之未敢明言，恐人譏其自高身價。綜觀李一生遭遇，何殊於屈子、賈生？

史載：賈生名誼，雒陽人也。年十八，以能誦詩屬書，聞於郡中，吳廷尉為河南守，聞其秀才，召置門下，甚幸愛。孝文帝初立，聞河南治平第一，故徵李斯為廷尉，廷尉言賈生年少，頗通諸子百家之書。文帝召為博士，年才二十餘，最為少，諸生不及，超遷至太中大夫，漢興二十餘年，至孝文，改正朔，易服色，法制度，定官名，興禮樂，悉更秦之法，其說皆自賈發之，諸權臣忌而害之，遂以賈遷長沙王太傅，渡湘水，自憫悲涼，為賦以弔屈原。後歲餘，賈生徵見，孝文帝方受釐，坐宣室，上因感鬼神事，而問鬼神之本，賈生因具道所以然之狀，至夜半，文帝前席，既罷。曰：吾久不見賈生，自以為過之，今不及也，居頃之，拜賈生為梁懷王太傅，懷王為文帝少子，愛甚又好書，故帝令賈生傅之，居數年懷王墮馬死，賈自傷為傅無狀，哭泣歲餘亦死，年僅三十三歲。屈原、賈生是李商隱所衷心景仰者，在他的詩作中，有太多師法「楚詞」的地方，也好用：星娥、月姊、桂宮、瑤台、銀漢、七夕、風車、風馬等故事及字組，依稀成了楚詞原作化身，後人評李詩有：「鳳凰承旂，高翔翼翼。八龍蜿蜿，雲旗委蛇」之慨，純係就李的倣作，能出神入化而言。

其實，本篇明說是譏刺漢文帝，用人不能盡其才，並為賈生悲歌太息，未曾發揮作為，暗地裡何嘗不是自傷，惟恐旁人指他僭妄，敢以當時的屈原、賈誼自居，只好隱諱地，做自我解嘲罷了！

論家指出：人才與際遇，誠如古詩所詠：

在山泉似鏡，流作萬重灘。

山中的清潭泉水，一片澄靜，等到疏導往下傾注，便可以霖雨蒼生，萬民受惠。如同不出世的人才，隱居以求志的形象。例如：傅說隱於版築；伊尹耕於有莘；呂尚釣於渭濱；孔明躬耕在南陽，悉皆同如在山中靜止的潭水。一旦風雲際會，出而擔當天下大任，成就了無比的偉功豐業，便受到時人以及後代的激賞，千古流芳。但此就風雲際會而言，反過來談，管仲要是沒有鮑叔，照例還不是個該死的貳臣；韓信要是沒有蕭何，還不是一個沒人瞧得起的流浪漢；孔明如果沒有劉備的三顧茅廬，還不是依然躺在隆中高臥的閒漢。這許多事例，說明際會的重要，沒有際遇，再多的人才，也會被埋沒。世有伯樂，然後有千里馬，千里馬常有，而伯樂不常有，惟英雄才識英雄。而商隱的求援於令狐郎中，前面（四二）篇的詩章，端是為此而作。可惜的是商隱在無可奈何中，投身別派的王茂元門下，不但得到重用，也成了「入幕之賓」、「乘龍快婿」，祇是運途多乖，不僅是茂元去世，李失去了依恃，且令狐綯又成了政壇紅人，不求他，其奈何？任你如何高才，就是相應不理，再多的苦衷，說來也沒人要聽。

按照李商隱的推測，魏徵和褚遂良，都是隋朝的大夫，一旦隋朝破滅，魏、褚的投身唐門，乃是貳臣，在唐代卻被視為開國元勳，全力協助李世民，才產生出「貞觀之治」的盛世，倘令狐綯能像太宗一樣的大度包容，商隱自當矢勤矢勇，必信必忠的為之擘劃，無奈令狐郎中不知這一套，因此才有本篇之作，聊以解嘲來。

使人感到不解的是，這是政壇人物的滄桑，失意者的怨訴，和「三百首詩選」原序所指：膾炙人口，易於成誦，童孩習之等，全扯不上關係。何況，一而再，再而三地選用李詩，已有偏、執之嫌也！世傳三百首選中的七絕，多遵信王士禎所好，以唐人絕句萬首本選中，王主聲韻、華美，與沈歸濳的崇尚正則，中規中矩，大異其趣。所謂人各有好，選者有好，讀者只好跟著跑了，那有選擇餘地？

45. 瑤瑟怨

冰簟銀床夢不成，碧天如水夜雲輕；
雁聲遠過瀟湘去，十二樓中月自明。

溫庭筠

俗話說：言教不如身教，是以家庭教育之重要，攸關個人的一生至切。所謂「耳濡目染」，兒童家居時，往往能從近親的作為中，潛移默化，不知不覺中，有所因應，才是家庭教育的真詮。至於讀書人講求「學、行」，也便是學識和行為的兼收並蓄，相輔相成，才能被視為是位端謹的正人君子，古往今來，此一觀念，根深蒂固。獨惜今日工商發達時代，功利主義至上，父母們大都外出就業，留下親子女，託人照顧，由於相見時間較短，形成溺愛、驕縱，今天不良少年的有增無減，不法舉止，推陳出新，莫不因此而興，自有其不得已的苦衷，何忍苛責？

本篇作者溫庭筠，本名岐，字飛卿，山西太原人，出生高華，乃唐初開國重臣溫彥博的六世孫。生來聰明伶俐，天才揚溢，不幸早年喪父，母親又改適楊徵。自小沒有享受到天倫之樂，雖然錦衣玉食，被照顧到無微不至，卻由此養成孤傲不群，乖僻個性。隨著年紀相似的公子哥兒們吃喝玩樂，毫無顧忌，連規勸的人也少。裴誠、令狐滈，便是他當時，類似太保型的搭擋。

溫庭筠個性雖孤傲，書卻讀得很好，是位道地「有學無行」的典型。文思十分敏捷，唐代以詩取又，他做詩不待起草，束束衣袖，叉叉雙手，詩作即成，被人譽為溫八叉，如此捷才，應深受時重才是，然而他卻玩世不恭，便當參與科考，一旦完卷，餘暇盡多，竟公然主動地為鄰座做槍手，代庖製作，僥倖得中者，自然心存感激，但畢竟僅是鄰座少數人，因此遭到太多與試者，公開毀謗，弄得考官也十分尷尬，每次考試都被考官，以其「無行」，不願錄發。這形成一位出色才人，而不是進士的特殊現象，可是他的〈商山南行〉詩云：

晨起動行鐸，客行悲故鄉，雞聲茅店月，人跡板橋霜。
槲葉滿山路，枳花明驛牆，因思杜陵夢，鳧雁滿回塘。

其中「雞聲茅店月；人跡板橋霜。」適成千古名句，獨享威譽，又豈是所謂進士詩家，能望其項脊者？宋代歐陽修也曾刻意倣作為：鳥聲茅店雨；野色板橋春。不但呆板、滯塞，被譏是東施效顰，似乎一點不假。

直到崔能擔任試官時，他的姊姊，也便是大書法家柳公權的母親，要崔能拔溫為舉人，舉薦為禮部員外郎，從事石經的校正。而他卻因乃父死於甘露之變，深怨宦官，捲入政爭，被貶隋城縣尉，連官運也無法通暢了！

《全唐詩話》曰：宣皇愛唱菩薩蠻詞，丞相令狐綯假其修撰，密進之，戒令無泄，而庭筠遽言於人，由是疏之。他的文才，能受到宰相的偏愛，乃至為宣宗所激賞，亦可見其才調之高了，然而他的自恃更高，居然譏評宰相的修養，而「中書堂內坐將軍」，不慚大言，誰能忍受？更離譜的是，傳說宣宗常微行出宮，探求民隱，一天在茶樓坐定，恰逢溫也在座，帝素知溫才，便主動和他搭訕，而溫反是不大理會，狂傲自放。因此激惱了宣宗，再也不願提到他了！

本篇嚴格說來，並非溫之傳作，後唐期的詞華派，以穠麗之詞，宏敞之音，光殿一代，溫實為其傲儆者。而以詞成專家，即由溫始。自玄宗以後，聲樂彌盛，如由絕句過渡為詞，絕句之有樂府，凡絕句歌法所用和聲、散聲、偷聲等，實乃詞之基本論。絕句整齊而少錯綜，歌唱時極少變化，自詞之興，才於一句之中省去或添一字，或於句間句尾，添入和聲及散聲，形成長短句，用來調節抑揚緩急調子。最為有才具之詩人所獨擅，溫之詞作長於詩，但就三百首七絕選中用此詩，作為溫之代表，未始不可也。

此詩所謂瑤池瑟怨者，實為宮怨之別稱。瑤瑟乃是古樂器名，瑟與琴，同為樂器，惟有五十弦或二十五弦，及二十三弦及十九弦，演奏時以玉為飛。一般說來，其聲低沈而幽怨，乃是宮中及富貴人家仕女所使用，或有指為閨怨詩者。此詩之重心，厥在乎「夢不成」，加以發揮。由於夜分正是睡眠時刻，卻因心緒不寧，無能成夢，有所描摹當時情景，水碧天藍，雁聲淒楚，月宮明亮，雖未涉及哀怨，而怨自深，用白描手法寫出，自是高人一等。

至於其代令狐綯，竄名進呈宣帝的〈菩薩蠻〉詞，雖不屬談詩範圍之內，乃溫之名作，詞云：

小山重疊金明滅，鬢雲欲度香腮雪。懶起畫蛾眉，弄妝梳洗遲。照花前後鏡，花面交相映。新貼繡羅襦，雙雙金鷓鴣。

46.馬嵬坡

鄭畋

玄宗回馬貴妃死，
雲雨難忘日月新；
終是聖明天子事，
景陽宮井又何人。

《全唐詩話》稱：馬嵬，太真縊所，題詩者悽感。畋為鳳翔從事者，題一絕（即本篇），觀者以為有宰輔之器。三百首選者，蘅塘退士特予註明云：唐人馬嵬詩極多，惟此首得溫柔敦厚之意，故錄之。倒也是特平之論。

《中國人名大辭典》載：鄭畋，子台文，第進士，僖宗朝以兵部侍郎進同平章事。黃巢作亂，畋時為鳳翔節度使，坐籌帷幄，終以復國，授太子太保，卒謚文昭。

《唐詩三百首詳析》以為：此詩蓋因題馬嵬事的，大多說玄宗的無情，貴妃的可憐。台文特地為玄宗解脫，說玄宗使楊妃自盡，免得受辱，終是聖明之事。

《陳書・後主記》：「後主聞兵至，從宮人出景陽殿，將自投於井，袁憲侍側，苦諫不從，夏侯公韻又以身蔽井，後主與爭，久之方得入焉。及夜，為隋軍所執，按官人中有張貴妃名麗華，最得寵信，與後主同入於井，其後亦同時受執俘虜。」畈詩末句，即為玄宗留餘地，不使楊貴妃，遭遇到與張貴妃同樣命運的受執、受辱也。有以本篇之作可媲美白居易之長恨歌，無稍遜色。管窺以為，實有過之無不及，何則，孟子云：盡信書，則不如無書。長恨歌辭之不可盡信，較諸本篇之樸質，豈得同日而語乎！

為使歌中疑慮，得以澄清，最好從其友好，陳鴻同時作〈長恨傳〉文中，有關部分，摘錄而對比之，其疑自解，陳文甚長，無法盡錄，余亦無對比詩文之能，祇以有關敘述異點併列，使更易明曉也。

陳文末段敘云：「元和元年冬十二月，太原白樂天自校書郎尉於盩屋，鴻與瑯琊王質夫家於是邑，暇日相攜遊仙遊寺，話及此事，相與感歎。質夫舉酒於樂天前曰：夫希代之事，非遇出世之才潤色之，則與時消沒，不聞於世，樂天深於詩，多於情者也，試為歌之如何？樂天因為長恨歌，意者不但感其事，亦慾懲尤物，窒亂階，垂於將來者也。歌既成，使鴻傳焉。世所不聞者，予非開元遺民，不得知，世所知者，有玄宗本紀在，今但傳長恨歌云爾。」

顯然陳文作於白詩以後，兩者說法略異，陳文則有校訂詩中謬說之功。如：

陳文：「時每歲十月，駕幸華清宮，內外命婦熠熠景從，浴日餘波賜以湯沐，春風靈液澹蕩其間，上心油然若有所遇，顧前後左右，粉色如土，詔高力士潛搜外宮，得弘農楊玄琰女於壽邸，既笄矣！……上甚悅……定情之夕，授金釵鈿合以固之……明年冊為貴妃。」

白詩：「楊家有女初長成，養在深閨人未識。」

按：楊玄琰，虢州閔鄉人，初為平棘令，睿宗時官至刑部尚書，虢州治弘農，故稱弘農楊玄琰。玄琰女小名玉環，初為壽王瑁妃。瑁為玄宗第三子，封壽王，玉環既為壽王妻，拜為壽王妃。玄宗既愛其兒媳，唐代李氏原先為胡族，對人倫之禁，雖不同於漢族嚴謹，然奪兒子之妻為己有，終屬不倫，況又是在位君王耶！得高力士之助紂為虐，隨令出壽邸，丐籍女官號太真，並另為壽王選妃，而白詩中以養在深閨人未識，一筆帶過，豈不是盡掩天下人耳目，得其當麼？

至於馬嵬兵變和楊貴妃的賜死，姚汝能在〈安祿山事蹟〉文中，有簡扼敘云：「楊國忠既梟首，屠割其屍，兵猶圍驛不散，上策杖躡履自出驛，令各收軍，然軍人不應，行在都虞侯陳元禮，領諸將卅餘人帶杖奏曰：國忠父子既誅，太真不合供奉，上曰，朕即當處置，乃回步入驛，倚杖久之不進，韋諤朽言乃引步前行，高力士乃請先入見太真，具述時勢。太真曰，今日之事，實所甘心，容禮佛，遂縊於佛堂。舁至驛庭中令元禮等視之，元禮等免冑謝焉，軍人乃悅。」姚述與國史所載，略無差異。

陳眉公《讀書鏡》則別有一則小紀云：「帝幸飄至馬嵬，賜妃死，妃泣曰，乞容禮佛。帝曰：願妃善地受生，力士遂縊之於佛堂前梨樹下，才絕，而南方進荔枝到，上長號使祭之，妃時年三十八矣！」

綜上所敘，貴妃之賜死，一切於寧靜中行之，並無騷亂紛擾之處，而白詩中之：「花鈿委地無人收，翠翹金雀玉搔頭。」云云，又豈是自想像中臆造？

47. 已涼

韓偓

碧闌干外繡簾垂，猩色屏風畫折枝；
八尺龍鬚方錦褥，已涼天氣未寒時。

《四庫著錄》有韓內翰別集一卷，為以內翰相尊的韓偓之精於鍊字，有中肯介紹，指在南亭篇中句：「松瘦石稜稜，山光溪澱澱。」以「光」對「瘦」，是光字活用，手法獨高。名家高論，自有其獨到處，即以本篇而論，稗史、詩話中，也有指出：橘黃色又似澄紅或澄黃色，皆稱杏黃，此色為皇室專有，民間不得僭妄利用，為律所禁。韓詩中之「猩色屏風」自然別有會意，乃帝王居之所設也。

蘅塘退士指謂：此詩通首佈景，不露情思，而情愈深遠，論者認其自有獨見。

《唐詩三百首詳析》以為，此詩重在「已涼」字上，所以繡簾已垂，錦褥已鋪，並且由外而內，層層鋪敘，將香閨繡榻，寫得一覽無餘。最可喜的，是「已涼」和「未寒」相對點，將涼和寒的意義，分得十分細膩，真是神來之筆，末句情意，是說正好安睡，令人耐想。題雖純詠已涼，但此中有人，呼之欲出，又是無題詩之一。

本篇作者韓偓，字致堯，小字冬郎，其父韓儋，與李商隱同為開成四年進士，又都是王茂元的女婿。他的作品，深受其父及姨父李商隱影響。被指成：性情真摯，風骨自遒而慷慨激昂。迥異於時流所見的靡靡之音，十歲時能即席成詩，舉座皆驚，當時他的姨父李商隱，贈詩贊曰：

十歲裁詩走馬成，冷灰殘燭動離情；
桐花萬里舟山路，雛鳳清于老鳳聲。

昭宗龍紀元年進士第，當時承僖宗喪敗之餘，黃巢亂後，兩都鞠為茂草，藩鎮坐大，相互攻伐，而宦官侵權，朝廷已成強弩之末，故偓與韋莊等，皆成了唐代晚期詩人中之佼佼者。光化三年十一月，左右軍中將劉季述，逼迫遜位，囚之東宮少陽院，得韓偓與時宰崔胤密謀，撲殺劉季述，天復元年正月，昭宗復位，論功行賞，崔胤晉爵為司空，偓則賜號功臣。五月，擢偓為翰林學士。深受重視及信任，屢以機密大事相垂詢，反而因此遭到宦官們嫉忌，加以攻訐，指其漏洩宮中要略，力阻昭宗召見，帝性情急燥，輕率無恆，喜怒不常，聞一言之得而肝膽旋傾。幸一事之成而營魄不定。李克用在河東侵略鄰域。宰相張濬議伐之，王師大敗。楊復恭專恣，帝惡之勒令致仕。恭假子守信遂反，詔李順節討之，李又大敗。李茂貞不遵朝旨，命宰相杜讓能伐之，又未如願。如此三度出師俱見敗相，喪師辱國朝廷元氣大傷。乾寧三年，李茂貞逼京師，帝出奔華州，天復元年，朱溫逼長安，韓全晦劫帝幸鳳翔，韓偓連夜追到湖北，面謁昭宗號啕大哭，並緊隨帝至鳳翔，任兵部侍郎，進承旨，及韓全晦伏誅。三年正月帝還京師，朱全忠自恃伏誅韓之大功，不免有所驕恣，臨朝議事，須仰其顏色，入朝時百官得侍立道左，向全忠打躬作揖，待其先通過然後隨之。韓偓不作此昧行，僅站立隱處，不假朱以顏色，使朱認對他不恭，奏貶偓為濮州司馬。臨行前，昭宗秘密與韓偓泣別，偓剴切奏說，朱全忠之惡，尤甚於韓全晦，臣降官外貶，反而是幸運，免得遭受毒害，更不忍看到他有篡弒的意圖，陛下宜特別小心。未久，再貶為榮懿尉，徙鄧州司馬。天佑元年四月，全忠逼帝遷都洛陽，同年八月，朱全忠果然弒帝於椒殿，立其子祝為帝，是為哀帝。政由全忠所主，帝側身虛名而已，不二年，終為朱篡奪，改國號為後梁。哀帝身死唐亡，果如偓所料。

先是，天佑間，召偓回朝仍任翰林學士，偓不敢應詔，舉家南遷到福建，依王審知，審知光州固始人，起自隴畝，以至富貴，為人儉約，好賢禮士，是為五代十國時，閩之太祖，偓往依之，深受器重，後唐同光元年，偓逝於南安龍興寺，享年八十。

按，韓偓一生遭遇悲涼，既與昭宗有知遇之恩，崔胤與朱全忠是同一夥人，其與胤密謀撲殺劉季述，係借力於全忠，當時朝中有兩派，一派為朱所掌握，又一派則受李茂貞所指使，使韓有心撲滅宦官勢力之想，反而變本加厲，韓身為文人，產生無力感，其出亡至閩，不愧是智舉，一旦捲入是非中，惟家破人亡而已！

世指韓有《香奩集》，輕薄低調，深受譏議，然《唐詩紀事》書中，轉述沈存中指是和凝之作，和曾歷仕晉、漢、周，為文富侈好詞曲，有曲子相公之譽。凝既貴，恐受人指斥，這才轉嫁列入韓之作品中，使韓揹此黑鍋，幸而有人仗義明指，實亦韓之知音，仗義揭露者。

48. 金陵圖

江雨霏霏江草齊，六朝如夢鳥空啼；
無情最是臺城柳，依舊煙籠十里堤。

韋莊

我國自東漢以來，政治中心有南移傾向，三國之際，孫權在長江下流立國，號為吳，建都南京鍾山之陽，鍾山由下而上，宛如塔尖，形似金字。金銀乃財寶之名，故美其地曰金陵者，繫此。金山陵也。其後司馬懿再予一統，歸都洛陽，已而五胡亂華，南北分治，東晉復都金陵，與十六國、北魏、東魏、北齊、西魏、北周等北國並立，史稱南北朝時代，繼東晉後，有宋、齊、梁、陳等依次相傳，建都金陵。此：吳、東晉、宋、齊、梁、陳，即詩二句所指，均在金陵建都之六朝是也。

本篇作者韋莊，字端己，生於唐代末年，本是京兆杜陵人，也便是今天陝西的西安市，黃巢之亂，京兆陷落，他逃往南方，金陵卻成了他嚮往勝地，五代時入蜀，成了王建的宰輔，他的詞，秀雅清淡，和溫庭筠，同為五代詞人中之巨擘，三百首選中，各選入七絕一首，管窺以為，僅是作為點綴而已！此詩仍係在蜀時，為題金陵景色山水畫而詠。據說，有從金陵轉徙至蜀的畫家，挽韋題句者，不止於此，猶有一幅題繪金陵景色詩，皆為韋詩中精品，以區別故此詩亦有改稱為〈臺城圖〉的。另一首同名的〈金陵圖〉則是：

誰謂傷心畫不成，畫人心逐世人情；
君看六幅南朝事，老木寒雲滿故城。

嚴格說來，他的詞優於詩，後世多被指成與溫飛卿同具盛名的五代詞人巨擘。蘅塘退士選溫、韋的七絕各一首，也不過做為「點綴」而已！當他應舉子試時，正逢黃巢造反，揮兵殺入長安城。沿途為戰爭浩劫，所留下的創傷，為之慘傷，白骨殘骸，敗瓦頹垣，妻離子散，哀號未已，目睹此情有所感悟，他因此寫出一首題名〈秦婦吟〉的七古來。以一個進京取試，尚未入考場而寫的這首長詩，居然引起全城騷動，紛紛相互傳抄欣賞，一時聲名大噪，被指為「秦婦吟」秀才，詩中最為時人所激賞處，是指賊兵與官軍，相互為惡，使人們腹背受到驚恐，求生為難，其警句：「內庫燒為錦繡灰，天街踏盡公卿骨。」使得朝中卿相們，也捲入這場浩劫中，刻劃甚深，引起了公憤。這篇名著大體上雖然是寫黃巢的賊兵，沿途姦淫虜掠，燒殺搶奪。但又有老人口中所引發出來的心聲，認為官軍比賊兵，更凶更壞。這才引起了讀者的共鳴，基於政治考量，蘅塘退士自然不敢選用秦婦吟，用本篇做為張本，又有什麼不可以呢？

韋氏既有如此聲華，入蜀後又貴為人主的左右手，位高權重，頓時受到一位蜀中才女緣姬的垂青，投懷入抱，成為卿卿我我的知己，再加上緣姬的風姿綽約，能歌善舞，倆人間彼此愛慕，生活既美滿，也使得韋在蜀中的孤寂生活，有了一百八十度的大轉變。然而，好景不常，一天，王建在韋府中，見到這位才女美人，十分欣賞，藉口請她入宮教導宮女歌舞，強邀入宮，至此，韋莊再也未曾能使緣姬回到自己身邊來。為了抒發心中無法明言的抑鬱，譜成〈謁金門〉一詞，云：

空相憶，無計得傳消息。天上姮娥人不識，寄書何處覓？新睡覺來無力，不忍看伊書跡，滿庭花落春寂寂，斷腸芳草碧。

如此落落寡歡地，使韋莊苦痛地熬過了三年，某日，王建在宮中邀宴群臣，韋自然在內，勸酒賜飲時，使韋驀然見到花枝招展的貴嬪緣姬，彼此相錯愕，尷尬之情，可以想見，由於緣姬當時已是宮嬪，韋又是宰輔，二人身份特殊，不能造次，匆匆一過，默默而別。韋於返回府中，不由傷痛欲絕，追憶前情，頓成畫餅。只好再由文辭，來抒此抑鬱，遂成〈小重山〉詞云：

一閉昭陽春又春，夜寒宮漏永。夢君恩，臥思陳事暗銷魂。羅衣濕，新揾舊啼痕，歌吹隔重閽，繞亭芳草綠，倚長門，萬般惆悵向誰論，凝情立，宮殿欲黃昏。

詞中哀怨，如泣如訴，不久即在蜀中傳了開來，傳入宮禁，緣姬見之，知舊情仍在，為之黯然，絕食殉情。韋與緣姬，可謂是心有靈犀一點通了！

其實，本篇韋詩反不如他的〈菩薩蠻〉詞，同樣是讚譽金陵之美，詞云：

人人盡說江南好，遊人只合江南老。春水碧於天，畫船聽雨眠。爐邊人似月，皓腕凝霜雪，未老莫還鄉，還鄉須斷腸。

49. 隴西行

陳陶

誓掃匈奴不顧身，五千貂錦喪胡塵；
可憐無定河邊骨，猶是深閨夢裡人。

解釋詩中內涵，不是件簡單的事，本篇二句的五千貂錦喪胡塵，粗釋指為戰袍即軍士之暗喻，頗有商榷餘地。管窺以為此乃喻犧牲戰士眾多之指，豈不知貂皮乃貴重毛皮，錦袍更是袍服的華貴，貂錦之著，非身為將軍者不可，一旦有近五千高級將領受害，死亡狼藉可知，戰事慘烈更不待言，此句內涵深厚，不說重大傷亡，僅見五千著貂皮、錦袍的帶頭者，死亡之眾不就呼之欲出麼？詩句之妙，在於利用限定字數，描述慘烈戰事。不形於色，卻能產生驚心動魄效果，能不說是高才？唐代咀咒征戰詩之詠不絕如縷。但能如此輕描淡寫地抒發，不見激憤而激憤實深者不多。可是：

《藝苑卮言》：「認末兩句用意和造詞，可以稱得上是無懈可擊的絕唱，祇是前兩句太草率，不但毫無含蓄，且筋骨畢露，不能和後二句配合，影響到整體的氣蘊，實在可惜。」其實，評論者應率先自加體會，卮言的作者，太令人佩服了，出征匈奴的軍士，人人皆有貂皮衣可穿，人人皆有繡製戰袍可著麼？批評陳詩太草率、太露骨，未免武斷。曾否自行檢討，評述粗糙麼？

《臨溪隱居詩話》以為本篇較李華的弔古戰場文更精警。且較為客觀，我們切不可因陳自稱三教布衣，又是嶺南人，宣宗時僅遊學長安，無科名可言，加以忽視而輕之。

《唐代詩學》指出：唐代以科舉取士，開元中進士：張子容、李昂、王冷然、劉慎虛、王灣、崔顥、祖詠、儲光羲、崔國輔、盧象、綦毋潛、王昌齡、常建、陶翰、王維、賀蘭進明、薛據、劉長卿、閻防、梁肅、李華、蕭穎士、鄒象先、李頎、張煙、薛維翰、萬楚、葛萬、丁仙芝、顏真卿；天寶中進士：岑參、張謂、楊貴、包何、包佶、李嘉佑、錢起、鮑防、張繼、元結、郎士元、皇甫冉、皇甫曾、劉灣等，多是大詩人，如王維、李頎、儲光羲、崔顥、錢起等，各人之律詩，均多佳者，與沈佺期、宋之問較為高明。從表外去思索，與王維齊名。為王所佩服的孟浩然，並非進士，至於世人共盛稱之詩仙李白、詩聖杜甫，也都是榜上無名。李白雖功名心淡，超然不群，而杜甫則屢試不第，卻又律詩絕倫，可見科舉雖可開通風氣，亦只可舉庸才，凡傑出之士，決不肯捨其個性，自尋獨立興趣而發展，是以可斷定：考試能得庸才，不能得儁才。反過來說，倘沒有考選制度，連庸才也無由致之，兩者似不可偏廢。詩學所指，不愧為高論，以貌取人，失之子羽，不能以三教布衣而忽此詩。蘅塘退士之獨具會心，使人拜服。

按，隴西行原係樂府古辭，漢之舊曲。絲竹更相和，執節者歌，並漢世街陌謳歌民謠，統稱之。此中包括相和引、相和曲、吟歎曲、四弦曲、平調曲、清調曲、瑟調曲、楚調曲、側調曲及大曲等十類。本篇則屬於瑟調曲之倣作，係由笙、笛、即、琴、箏、琵琶七種樂器，歌弦六部所奏唱，隴西行之古辭：「天上何所有，歷歷種白榆。」至今尚幸存，解題指出，始言婦有容色，能應門承賓次，言善於主饋，終言送迎有禮。但本篇純以弔古傷今，反對征戰之內涵，有所諷詠成之。此證唐代征戰頻仍不虛矣。

《通典》稱：秦設隴西郡，轄有隴坻以西地。逼近大漠荒野，也正是今甘肅、寧夏部分地方。無定河是從邊關外，流經陝西榆林，注入黃河的一支水系，即元和志所指，在關內道夏州朔方縣境，俗稱朔水是，源出縣城南的山邊，由於潰沙急流，深淺不測，流域不定，這才取名「無定河」的，亦名奢延河。

《清統志》謂：陝西榆林府，無定河自邊外流經懷遠縣北，又東南經榆林西南，流入米脂縣界，卻奢延河。乃是歷來用兵之地，正因大漠水源短缺，形成了兵家必爭之源，戰死者無人掩埋，祇有暴骨河邊而已，傷哉！歷代以還，為無定河邊戰事慘烈，抒發於詩中者，大有人在，如秦韜玉句：「無定河邊蕃將死，受降城外戰塵空。」

又，陳祐詩：

無定河邊暮笛聲，赫連臺畔旅人情；
函關歸路千餘里，一夕秋風白髮生。

宋、蘇東坡亦有：

故有無定河邊柳，得共高原雪絮春。

可見無定河之與邊塞征戰相提並論，非陳一人而已。

50. 寄人

張泌

別夢依依到謝家，小廊回合曲闌斜；
多情只有春庭月，猶為離人照落花。

首先，讀本篇時，會產生一些疑慮。容在以下分析指陳：

一是，按蘅塘退士指此，為唐詩中，膾炙人口，易於成誦之作，未免以偏概全，有「自以為是」之嫌。蓋在明清兩代詩之論家，推舉同此類型，言情之作，要以崔護之人面桃花為壓卷，偏是選者捨彼就此，有違輿情。

二是，史稱本篇作者張泌的字、里、生卒年均不詳，約在後唐莊宗同光前後，工詞，事前蜀官至舍人。其所作詞今存二十八首，載入唐五代詞中，何得遽指為唐人，有中國文學家大辭典可以查證。

三是，詩中首句末「謝家」之指：

《世說新語・言語第二》載：「謝太傅（安）寒雪日內集，與兒女講論文義，俄而雪驟，公欣然曰：白雪紛紛何所似？兄子胡兒曰：散鹽空中差可擬，兄女曰：未若柳絮因風起。公大笑樂，即公大兄無奕女，左將軍王凝之妻也。」至於謝女之成為王妻，猶有一段趣談，載同書雅量第六云：郗太傅在京口，遣門生與王丞相書求女婿，丞相與郗信，君往東廂任意選之，門生歸白郗曰：王家諸郎亦皆可嘉，聞來覓婿咸自矜持，惟有一郎在床上坦腹臥，如不聞。郗公云：正此好，訪之乃是逸少，因嫁女與焉。此亦成語「坦腹東床」之典出處也。是以元稹，懷念其妻之逝，有「遣悲懷」三首，以奠京兆，韋蕙叢愛妻之喪。有云：「謝公最小偏憐女，自嫁黔婁百事乖。」

將其丈人喻為謝奕，然則其妻就是才女謝道緼了。晉書列女傳亦有載，可謂信而有徵。但在「唐詩三百首詳析」書中註稱：謝家未詳，不曾將元稹七律篇中故事納入，良以缺乏考據故也，余則採自稗史之云，云耳！

清・徐釚《詞苑談叢》指作者張泌，仕南唐為內史舍人，從而推之，其乃晚唐末期人物，故其名亦不詳。泌初與鄰女浣衣相善，作有〈江神子〉詞云：

浣花溪上見卿卿，眼波明，黛眉輕，高綰綠雲，低簇小蜻蜓，好是問他知得麼？含笑道，莫多情。

後經年不復見，張夜夢之，寄絕句：別夢依依到謝家。按，即本篇所詠，係寄其舊情人，浣衣女而作也。平心而論，本篇和江神子詞，既是同詠一事，則不免相形見拙，詩不如詞，詞中如詩如畫，彷彿親見。

據說，張另有一闕〈江城子〉詞云：

碧闌干外中小庭，雨初晴，曉鶯聲。飛絮落花，時節近清明，睡起卷簾無一事，勻面了，沒心情。

時評以為，寫作泛泛道來，無多少心注也。不愧稱定論。足見江神子詞可貴了！詞至南唐，蔚為盛世。而中主、李璟；後主、李煜，不愧為一代宗匠，其詞流傳千古，所謂：上有好之者，下必甚焉，實屬不易之論。中主名作〈山花子〉詞云：

菡萏香銷翠葉殘，西風愁起綠波間，還與韶光共憔悴，不堪看！細雨夢回雞塞遠，小樓吹徹玉笙寒。多少淚珠何限恨，倚闌干。

詞中：「小樓吹徹玉笙寒」，成為千古名句，受到激賞，或未以人主之尊，有所重視。其子煜，史稱後主嗣位。尤好讀書，工詩文，所作之詞，允推獨步。開寶八年降宋，封違命侯，農曆七夕，後主以是日建生，因命故伎作樂，自為〈虞美人〉詞云：

春花秋月何時了，往事知多少！小樓昨夜又東風，故國不堪回首月明中，雕欄玉砌應猶在，只是朱顏改。問君能有幾多愁，恰似一江春水向東流。

當時作樂聲聞於外，有人抄此上呈，宋太宗甚惡：「小樓昨夜又東風」及「一江春水向東流」句，儼然有懷故國之思，併坐之。命太子賜後主牽機藥酒飲，蓋餌其藥，則病頭足相就，如牽機狀也。是夕卒死狀陋慘。卒年四十二，江南聞噩耗，多巷哭者。論詞家謂：後主之詞，其初備極華麗溫馨。蓋其環境所使然也。及國亡後，哀怨淒絕，如嫠婦夜泣，孤猿曉啼。真所謂以血書者也。李以虞美人一詞，見惡於宋太宗，賜飲牽機藥酒以死，實啟「因詞殉身」之先河，又何異清代文字獄耶！為之憮然。

其實李煜後主之〈浪淘沙〉詞，太宗早深厭之，詞云：

往事只堪哀，對景難排，秋風庭院蘚侵階，一行珠簾閑不卷，終日誰來？　金劍已沈埋，壯氣蒿萊。晚涼天靜月華開，想得玉樓瑤殿影，空照秦淮。

51. 雜詩

佚名

近寒食雨草淒淒，著麥苗風柳映堤；
等是有家歸不得，杜鵑休向耳邊啼。

這是《三百首七絕選》中，最為顯突的一首，理由是：

一、有如許眾多的名作可以取選，卻滲入此篇佚名之作。

二、指為雜詩，沒有題旨重心，所謂何來?且字句、組成鬆散，別出一格。

《三百首詳析》稱：此詩首二句句法，和前詩有一不同之點：前詩七言句，大概是上三下四，或下三上四，或上二下五。此詩七言句法，卻是分作兩截：近寒食雨是上一下三，為一截；草萋萋為一截。第二句亦同，其中平仄聲雖很諧暢，絕詩中並不多見，這兩句是寫清明時節的景物，三句意思是，每逢佳節倍思親。但有家而不能歸，故教杜鵑盡叫著：不如歸去，使人格外傷懷，癡情話卻別有神韻。

依詳析的說法，本篇構思新奇，怨而不激，一切盡在句中有所宣洩，時人指出，前兩句十數層，乍看僅十四字：近、寒食、雨、草、萋萋、著、麥苗、風、柳、映堤。然而，本篇的重心，則在「等是有家歸不得」上，這才引出無盡的傷嗟。觸景情生，不堪負荷，末以消極的，杜鵑啼聲，彷彿是「不如歸」作結，尤其淒楚。

所以造成有家歸不得的苦厄，無非是時亂或年荒，為謀衣食生活，只好遠走他方，尋求適應，來勉謀苟全了！

《唐代詩學》指出：唐室禍亂甚多，約有六事最重：

一曰，女寵：武后、韋后，垂簾聽政；太平公主、楊貴妃，禍國是也。

二曰，藩鎮：此為封建殘餘現象，亦即地方權力之高漲，安祿山、史思明之亂，牛僧儒、李宗憫之爭是也。

三曰，官宦：李輔國之亂政；元載之擅權；白志貞之誤國，陳弘治之弒逆是也。

四曰，朋黨：李逢吉、李宗憫、牛僧儒之專政是也。

五曰，內亂：龐勛、黃巢之亂是也。

六曰，外患：新羅、吐蕃、契丹、回紇之侵犯是也。

唐自武氏垂簾之後，兵革時興，干戈常擾，生民苦痛，肝腦塗地，萬眾黎庶，不堪其煩。若干風人之詩，為之大盛，苟非治亂頻繁，官僚政治，孰能至於斯耶？詩學書中，慨乎言之。所指妻離子散，家破人亡，何處無之，禍亂既起，打家劫舍，殺人放火，災難之興，此息彼起，稍能存活之家，不得已只好率妻子兒女，遠走他鄉避禍一時，其中的酸甜苦辣，豈是文字所能描述之萬一，故有不忍聽子規啼聲，因此而觸動切膚之痛也！

古詩有云：不如牛與羊，猶如日暮歸。牛、羊晚上要回窩，鳥兒要回巢，總是求取歸宿，可是輪到時亂年荒時，人們謀求逃避，只好背離鄉井，飄淪轉徙，外出謀求又一生機，這也便是古人所云：「亂世人民，不如雞犬」，偏激說法的受人重視了！

《唐詩概論》書中指出：戰爭和邊塞作品，均是唐代文學的特產，是唐民族勢力，向外發展的結果。太宗、高宗、武后，對外幾十次的大用兵，固然是一件不必贊許的事，但漢族與夷狄之族，在事實上不能兩盛，略略放任，便召周玁狁、漢匈奴、晉五胡、十六國之禍。唐代武力極強，但邊防偶一疏忽，那些游牧民族便蠭擁般侵了進來。他們強割你的麥子，如《通鑑》稱，積石軍每歲熟，吐蕃輒來獲之，邊人呼為吐蕃麥莊；殺戮你的人民。在李白戰城南等古風中，多有描述；擄掠你的壯丁，在白居易新樂府傳戎人詩中，指證歷歷。其他，如：截刖你的老弱，焚毀你的城池，佔據你的土地，搶劫你的財貨和食物，就不必細說了！那些野蠻民族，既如此肆虐，則非好好教訓一下不可，所以這類用兵，出於自衛，也就無可厚非，反而產生了促使民族向上的力量，和啟發文藝靈源功能。試想，親眼看到成千上萬大軍，開拔赴邊，千騎水流，萬乘雲屯，笳鼓震天，金甲耀日的浩大聲威能不使他們心雄氣旺，感到驕昂嗎？

52. 渭城曲

王維

渭城朝雨浥輕塵，客舍青青柳色新；
勸君更進一杯酒，西出陽關無故人。

本篇題又可寫成「陽關曲」，乃是當時歡送出征友人，惜別時所演唱的樂府曲，從唐到今天，流傳久遠，似乎成了家喻戶曉的樂章，值得回味。

此原係王維在元氏友人出官安西都護府在渭城餞別之作，以壯行色，歌此而助興者。為了「勸飲」，使末二句一奏、再奏、三奏，故有「陽關三疊」樂曲名。流傳至今，絕非偶然，何況，白居易在〈對酒詩〉中且有：「相逢且莫推辭醉，聽唱陽關第四聲。」詩後注稱：第四聲者，勸君更進一杯酒也！

按，唐貞觀中，平高昌，置安西都護府，位在交河城，即今新疆、吐魯蕃縣西二十里之遙，乃是在玉門關以外，也就是詩中所稱的陽關。渭城是古稱，在今甘肅敦煌縣西南一百三十里的黨河西偏，長途漫漫。渭城既在陽關內的陝西咸陽縣東，秦時已甚繁榮，王維在此和老友惜別，分隔千萬里，再見杳杳無期，感傷而賦此，形成後世惜別時唱奏的主題，也就無可厚非，由之，本篇亦有題名「送元二使安西」，或「陽關曲」者。

《唐詩選評釋》指此是唐人歌以餞別詩，其平仄攸關音律。首句渭城朝雨，必用仄平平仄，如用一般詩律唸唱，便不諧調，二句柳色新，柳字作上聲，用仄聲則失律。三句勸君更盡一杯酒，當為仄平仄仄仄平仄，不容有失格。四句西出陽關無故人，當為平仄平平平仄平，恰與第三句相反，若非如此，即不成為陽關曲了！

宋、蘇東坡在密州時，僚屬文勛指出，曾見過陽關曲唐時演唱古本，是每句皆重疊，惟起句祇唱一遍，使蘇領會到三疊唱，原來的意指，乃是疊後三句。寇準對此曲興致尤高。依樣葫蘆，作陽關引云：

塞草煙光闊，渭水波聲咽，春朝雨霽輕塵歇。征鞍發，指青青楊柳，又是輕攀折。動黯然，知有後會，甚時節？　更盡一杯酒，歌一闋，歎人生最難歡聚。易離別。且莫辭沈醉，聽取陽關徹，念故人千里，自此共明月。

至於蘇東坡，也曾倣渭城曲調，寫成三章：

一、贈張繼愿

受降城下此髯郎，戲馬臺前古戰場；
恨君不取契丹首，金甲牙旗歸故鄉。

二、贈李公澤

濟南春好雪初晴，行到龍堆馬足輕；
使君莫忘雲溪女，時作陽關斷腸聲。

三、中秋月

暮雲收盡溢清寒，銀漢無聲轉玉盤；
此生此夜不長好，明月明年何處看。

是否有東施效顰之譏，祇以時至今日，知有寇、蘇之作者不多，故錄此。

元〈陽春白雪集〉，按大石調歌唱，就本篇添加「和聲」、「替字」歌云：

渭城朝雨，一霎浥輕塵，更灑適，客舍青青，弄柔凝。千縷柳色新；更灑適，客舍青青，千縷柳色新。休煩惱，勸君更進一杯酒，人生會少，自古富貴功名有定分。莫遣容儀受損。休煩惱，勸君更進一杯酒，舊遊如夢，眼前無故人，只恐怕西出陽關，眼前無故人。

從元人大石調中，不但使我們進一步的，對王維此詩中內涵，有更深一層領悟，平易流暢，既不失原詩中句字，亦謹守疊唱原則，總是：唐詩、宋詞、元曲，各有擅專，此就元曲之精警作附錄於此，亦所以對比、欣賞也！

《詩人玉屑》指本篇別有特色，實屬唐人贈別詩中之折腰體，斯乃創格。四句中前兩句自成規模，後兩句又邁入新境，若即若離，似分實合，能在有意無意間，產生共識，引起共鳴，製作手法之高，令人激賞。

清、俞曲園本篇，頗有疑義，發為議論說：塡詞家，每以入聲作平聲讀，例如本篇第二句，客舍青青柳色新，唐詩選評釋認為：柳字要讀上聲，若用仄聲則失律。俞則以為客舍的客字，宜作平聲。

《仇池筆記》則就本篇唱詞句，明白書為：「渭城朝雨浥輕塵，客舍青青柳色新，客舍青青柳色新，勸君更盡一杯酒，西出陽關無故人，勸君更盡一杯酒，西出陽關無故人，勸君更盡一杯酒，勸君更盡一杯酒，西出陽關無故人。」

無非是情致激昂，殷殷話別之際，多飲幾杯來以酒消愁而已！

有人指出：「盡」比「進」更深入一層，「進」祇是進酒請客飲，但「盡」便不同了！不但引進杯酒，還盼望客能飲完飲「盡」，所以依「盡」更佳。

53. 秋夜曲

王維

桂魄初生秋露微，輕羅已薄未更衣；
銀箏夜久殷勤弄，心怯空房不忍歸。

此為王維被選入七絕樂府辭中九首的兩首之一，在如許眾多唐人七言樂府中，僅選了九首，王詩就佔了九分之二，可知深受激賞的程度。是以蘅塘退士評為：貌為熱鬧，心實淒涼，極寫宮人幽怨之深，非深於涉世者不知。

郭茂倩《樂府詩集》稱：樂府總共有十二類，為：郊廟歌、燕射歌、舞曲、鼓吹曲、橫吹曲、相和歌、清商曲、琴曲、雜曲、近代曲、雜歌謠辭及新樂府辭等，本篇在樂府古辭中未之見，可能屬於雜歌謠辭之列。

王維，字摩詰，九歲知屬辭，妙解音律，工草隸，善畫，開元、天寶間，豪英貴人，虛左以迎，名震朝野。

《集異記》：王維未冠即以文章得名。妙能琵琶，春之一日，歧王引至公主第。使為伶人進主前，維進新曲號鬱輪袍，並出所作，主大奇之。事載：

《太平廣記》稱：開元七年，王維十九歲，參與京兆試，可先請人推薦，以博取高名。維與歧王善，與商酌時，歧王云，長公主與有力焉，惟已允張九皋為解頭，倘能面見公主，可自錄清越之作十篇，琵琶新聲之怨切者，可度一曲，後五日至吾第。維如期而往，歧王乃出錦繡服，鮮華奇異，攜琵琶同至公主第。歧王入曰；承貴主出內，故攜酒樂奉讌，即令張筵，諸伶旋進，維妙年潔白，風姿都美，立於行，公主顧之謂歧王曰：斯何人哉？答曰，知音者地，即令獨奉新曲，聲調哀切，滿座動容，公主自詢曰，此曲何名，維起曰：號鬱輪袍，公主大奇之。歧王因曰，此生非止音律，至於辭學，無出其右，公主尤異之，則曰：子有所為文乎，維則出獻懷中詩卷呈公主，公主既讀驚駭曰：此皆兒所誦習，常謂古人佳作，乃子之為乎？因令更衣，昇之客座，維風流蘊藉，語言諧戲，大為諸貴之欽矚。歧王因曰：若令京兆尹今年得此生為解頭，誠為國華矣！公主乃曰：何不遣其應舉？歧王曰：此生不得首薦，義不就試，然已承貴主論諾張九皋矣！公主笑曰：何預兒事，本為他人所託，顧謂維曰：子誠取解，當為子力致焉。維起謙謝。公主則召試官至第，遣宮婢傳教，維遂作解頭，而一舉登第矣！

開元九年，維廿一歲，擢進士第，調大樂丞，本是學以致用。然而，不幸的因事坐累，貶為濟州司倉參軍，張九齡執政，才擢為右拾遺，歷監察御史，累遷給事中，遇安祿山反，賊平，遷太子中允，三遷尚書右丞，後人為敬其人，多以王右丞稱之而不名。妻喪不娶，孤居三十年，維與其弟縉，本比鄰而居，同在任官，及縉調外為蜀州刺史，彼此各居一方，維乃上表，願歸所任官，放還田里，使縉得還京師，兄弟得以常相存問，帝廉其得情，乃召縉回京，為左散騎常侍，成其心期。維奉母至孝，母為虔誠佛教信徒，朝夕奉侍左右，母既歿，表其輞川第為寺，是為清源寺，並葬母於寺西側。

《唐詩紀事》稱：寶應中，代宗語王縉曰：朕嘗於諸王座，聞維樂章，今傳幾何，遣中人往取，縉裒集數百篇上之。表曰：臣兄文辭立身，行之餘力，當官堅正，秉操孤直，縱居要劇不忘清淨。實見時輩許以高流。至於晚年彌加進道端坐虛室念茲無生，乘興為文未嘗廢業。代宗見表，詔答云：卿之伯氏，天下文宗，位歷先朝，名高希代，抗行周雅，長揖楚詞，調六氣於終篇，正五音於逸韻，泉飛藻思，雲散襟情。詩家者流，時論歸美。誦於人口，久鬱文房，歌以國風，宜登樂府，眎朝之後，一夜將觀。石室所藏，殁而不朽，柏梁之會，今也則亡。乃春棣華，克成編錄。聲猷益茂，歎息良深。

商璠云：維詩辭秀調雅，意新理愜，在泉為珠，看壁成繪，一字一句，皆出帝境，至如落日山水好，漾舟信歸風。又、澗芳襲人衣，山月映石壁等，詎肯慚於古人也。

蘇東坡則盛稱王摩詰詩畫並茂，所謂詩中有畫。畫中有詩。直成王之標榜，千古流傳矣。

本篇係描摹宮怨之章，一旦歌詠，淒楚可知。

《酉陽雜俎》：月中有桂，高五百丈，下有一人常斫之，樹創隨合，人姓吳名剛，學仙有過，謫令伐樹。後因謂月中桂，詩中則喻宮人之出宮無期也。

按，月輪之無光處為「魄」，注見《尚書》。本篇前二句寫秋夜，涼意盎然，以「初」、「已」、「未」表達層次、順序。三口之「久」及四句之「不忍」，益增添淒苦無奈，誠屬王詩中之少見。

54. 長信怨

王昌齡

奉帚平明金殿開，暫將團扇共徘徊；
玉顏不及寒鴉色，猶帶昭陽日影來。

本篇長信怨，也有題為長信秋詞或長信宮辭的。原來，長信是漢代宮殿名，漢成帝時乃母后的宮寢。至於為何又稱做長信秋詞。原來，班婕妤自從成帝寵愛趙飛燕姊妹後，買通宮中侍從者，潛告許皇后和班婕妤媚挾媚道，詈咒皇上，成帝在一怒之下，下詔坐廢許皇后，將班氏拿問，班氏回奏說：臣妾曾聽諺語說：死生有命，富貴在天。一切自有天命安排，強求不得。如今修正道尚不能得到福報，圖謀不軌，難道不怕受到報應麼?神鬼如有靈，詛咒就無用處，又何必作此損人不利己的勾當，故不肯做，便是再拷再打，也沒話可說。一篇義正辭嚴的自辯，成帝為之默然，問她有何意願。答說希望能派到長信宮，服侍太后，不涉入這種人事糾纏。到了長信宮，新秋某日清晨，打開宮門時，一陣秋風，瑟瑟吹過，眼看手中所持宮扇，已不需要了！豈不是和成帝捨她而就趙飛燕姊妹，有點類似麼？援筆寫成〈怨歌行〉：

新列齊紈素，皎潔如霜雪。裁成合歡扇，團圓似明月。
出入君懷袖，動微搖風發。捐棄篋笥中，恩情中道絕。

而「秋扇見捐」成語的出處，便是由此而來的。

班婕妤何以在受成帝拷問自辯後，仍盼留在長信宮服侍太后，原來有一段前因。

《漢書》載：成帝初即位，選孝廉班況的女兒入宮，賜少使位，其女不但美貌如花，家學淵源，使其才華更為出眾，不愧是位不第的女學士，深受文帝倚重，負責掌理內廷文書，晉升至婕妤位。專居於增成舍，與文帝往來密切。一天文帝帶她到後庭遊賞，侍立太久，文帝便要她到御車上來，一同坐著欣賞，卻遭到婕妤婉言拒絕，跪奏說：臣妾觀看前朝圖畫，往往在明主賢君左右，都是重臣或名宦隨侍，直到三代末期，才看到隨侍帝側，換成了嬪妃在四面圍繞，這不是好現象，祈求聖上以此作為殷鑑，不要讓賤妾來污損聖德，以及至尊的嚴肅，故而不敢奉詔。

成帝聽完這一段跪奏，認為此乃嬪妃們求之不得的榮耀，反而婕妤勸他自重，十分難能可貴，馬上駕幸長信宮，向母后學說了一遍，太后聽了大感驚奇，語文帝曰，古有樊妃，今有班婕妤，此乃國家之福也，不久便在宮中，傳揚開來。婕妤既曾受到母后激賞，這才會請求到長信宮，服侍太后的。當時文帝雖德其正，然而過分拘謹，對文帝而言，卻少了綺麗夫婦之情，也許這才是趙飛燕姊妹，以另一種輕佻浪漫情調，變換了帝王胃口，深愛激動的誘因。

此乃王昌齡以班婕妤的怨訴而成的自艾。昌齡似乎對此話題，特別感興趣，其作共有三首，清、漁洋山人王士禎指出，王昌齡〈長信怨〉的第二首，也正是所載，乃是唐人七絕詩中的首選，無出其右者，相信蘅塘退士也同意王的觀點，選用之。至於其餘二首，雖不為壓卷，但也不失為佳作，附於次。

其一

金井梧桐秋葉黃，　珠簾不捲夜來霜；
薰籠玉枕無顏色，　臥聽南宮清漏長。

其三

真成薄命久尋思，　夢見君王覺後疑；
火照西宮知夜飲，　分明複道奉恩時。

《樂府解題》稱：後人傷之，而為婕妤怨也。晉，陸機〈婕妤怨〉，詩云：

婕妤去辭寵，淹流終不見。寄情在玉階，託意為團扇。
春苔暗階除，秋草蕪高殿。昏黃履綦絕，愁來空雨回。

《全唐詩》載：王昌齡〈長信秋詞〉計為五首，見之詩集一百四十三卷，王昌齡之四章。惟其順序，與前說略異，第一首、金井梧桐秋葉黃，與前說同；第二首則為：

高殿秋砧響夜闌，霜深猶憶御衣寒；
銀燈青瑣裁逢歇，還向金城明主看。

本篇已改為第三首，而前指之第三首，則又順次推延，而成第四首，至第五首。

長信宮中秋月明，昭陽殿下擣衣聲；
白露堂中細草跡，紅羅帳裡不勝情。

史稱，成帝自廢許皇后後，以趙飛燕之姊為昭儀，其姊逝後，飛燕繼為昭儀，日事蠱惑，帝無嗣暴崩，哀帝立，六年後，哀帝崩，飛燕以被皇太后廢為庶人，自殺。是非有公論，好壞之分，後世自有定評也。

55. 出　塞

王昌齡

秦時明月漢時關，萬里長征人未還；
但使龍城飛將在，不教胡馬度陰山。

三百首詩選，七絕六十篇中，竟然選用了本篇和五九篇題名相同的「出塞」，其典乃樂府古辭橫吹曲的詞牌名，橫吹曲其始亦謂之鼓吹，馬上奏之，蓋軍中之樂也。北狄諸國皆馬上作樂，故自漢以來，北狄樂總歸鼓吹署，其後分為二部，有簫、笳者為鼓吹。用之朝會、道路，亦以給賜，漢武帝時，在南越七郡，皆給鼓吹是也。有鼓角者為橫吹，用之軍中，馬上所奏者是也。

《晉書》稱：李延年因胡曲更造新聲二十八解，乘輿以為武樂，後漢以給邊，和帝時，萬人將軍得之。魏晉以來二十八解不復存，但其曲名則為：黃鵠、隴頭、出關、入關、出塞、折楊柳、望行人、關山月、長安道、梅花落、紫騮馬、鉅鹿公主歌、慕容垂歌、赤之楊、洛陽道、企喻歌、琅琊王歌、隴頭流水歌、雍臺歌、淳于王歌、胡度來歌、隔谷歌及木蘭詩等。雖云仍有見存者，如企喻歌、琅琊王歌、隔谷歌、木蘭詩等，是原詞抑或擬作、仿作或偽作已無法查考。即以木蘭詩言，並非今之木蘭辭。是以程大昌云：樂府有木蘭，乃女子代父征戍十年而歸，不受爵賞，人為作詩，然不著何代人，或者疑為寓言。故白居易有題「木蘭花」云：怪得獨饒脂分態，木蘭曾作女郎來。亦未涉及指有原詩之存，甚至出塞雖原辭亡佚，仍見有：「候騎出甘泉，奔命入居延，旗作浮雲影，陣如明月弦。」

古樂府辭翻新，依然深受激賞。甚至在三百首七絕選中，昌齡的本篇，和前篇「長信怨」明清兩代論家，一致公認，成為唐詩七絕壓卷之作，有十一首，便包括了王作兩篇，可見其造詣了！值得一提的，本篇第三句：但使龍城飛將在，龍城不是飛將的出處，各為獨立典故。同出於《史記》書中：

衛青傳：元光五年，青為車騎將軍，擊匈奴，出上谷，至龍城，斬虜首數百，龍城其實是喻衛青勇猛而言。

又，李廣傳：廣居在右平，匈奴聞之，號曰，漢之飛將軍，句中飛將軍指李廣。

作者王昌齡，生於干戈擾攘之亂世，開元十五年進士第，二十二年又中博學宏詞辭，深受時重，論者指其七絕，貴言微旨遠，語淺而情深，如清廟之瑟，一倡而三歎，有餘音者矣，允稱神品。

俗云：言出如劍，不可怒發。稗史指昌齡才氣洋溢，有時不免放言高論，語驚四座聞者厭之。然亦非大過失僅不護細行而已。主政者不為已甚，貶為龍標尉以薄懲之。及安史之亂，昌齡返回鄉里，放言之高論不改，時張巡受圍於睢陽，附近城鎮，擁兵自重自固，不肯假以援手。時張鎬有重兵，巡向其告急，朝廷亦欲鎬能急解此危，尤有助於民心士氣。鎬倍道兼進，時閭丘曉為濠州刺史，鎬檄曉趣救之，曉則愎撓、拖延不肯進，比鎬大軍至淮口，而睢陽已陷賊三日，鎬責曉之不遵號令，將杖殺之。曉以有親，乞貸餘命。冀免一死，鎬則以：「王昌齡之親，欲與誰養。」質之，曉大慚沮，卒受戮。

按，閭丘曉，有詩名。嫉心甚重。既任濠州刺史，原應分兵解睢陽之圍，況且受檄火急，但閭丘以一旦解張圍，則張聲望將凌已上。雅不欲成人之功，因此而推託不前，卒因違軍令而受斬，固其宜也。至於昌齡事亂還鄉，放言高論，習性未改以在野之身，無所顧忌，慨歎今之從政者，但求自保，獨擅其身，寧復見有衛青、李廣一類人物之重現耶，尤其對閭丘之推托不受命不滿，大放厥詞。曉之詩名，與王昌齡相較，不如遠甚，有除之為快之心，因王之放言，指其有「擾亂軍心，敗壞治安」重罪，即予撲殺。時人對閭丘此舉，純係個人恩怨所使，加此重刑，深為不滿。宣揚開來，知者甚多。當時王老母仍健在，受此傷子之痛，其情何堪？是以張縞質曉之言，平允至公，使其語塞而受戮，一報還一報，天道不爽也。

《秇園擷餘》指出，本篇的好，僅在秦時明月四字，若比起葡萄美酒，黃河遠上，還是有點距離。

從來評斷字辭的優劣，各有各的看法，不致因論者是名家，便應恪守此旨。我不是有資格評論者，卻以為：秦時明月漢時關，有一氣呵成的內涵，塞外風光，秦時是一片漠野，到了漢代，才有關隘的修建，防止塞外游牧者，入關搶奪糧草，從此反而多事，產生戰爭場景，豈不是秦時明月四字能夠貫通麼？

56.清平調（其一）

李白

雲想衣裳花想容，春風拂檻露華濃；
若非群玉山頭見，會向瑤臺月下逢。

此樂府選曲中，李作〈清平調〉三首，全部選入。

李白，字太白，山東人，父官任城尉，因居家焉。生於唐武則天持政的大足元年，卒於肅宗寶應元年，年六十二歲，少有逸才，志氣恢宏，飄然有超世之心，十歲通詩書，蘇頲為益州長史，見白異之。曰：是子天才奇特，少益以學，可比相如。客任城，與孔巢父諸人居徠山，日沉飲，感到讀書太無聊，便悄然下山。相傳在山下，遇到一老婦人，在砂石邊磨鐵杵，覺得很奇怪，前去問訊，老婦告訴他，想用來磨成一根針，做逢紉之需，李白問她，行得通麼？答覆是：「只要功夫深，鐵杵磨成針」。李促然以驚，難道自己能如此自暴自棄麼？立刻回轉上山，用功讀書，終於成就了令名。

天寶初，到會稽，與吳筠相處甚得，筠被召，他也跟著同去長安，賀知章見其文，嘆曰：子，謫仙人也。言於明皇，召見金鑾殿，奉頌一篇，帝激賞之。深受禮遇，惟因其恃才傲物，不為親近所容，遂益驁放，與賀知章、李適之、王璡、崔宗之、蘇晉、張旭、焦燧，相飲酒共樂，時號為「酒中八仙」。

玄宗召他入翰林院，準備伺機安置一個高位，所以暫時沒有封他官職。有一天，帝坐在沉香亭，禁中木芍藥花方繁開，太真妃侍於帝側，意有所感，李龜年以歌擅一時，帝曰：「賞名花，對妃子，焉用舊樂辭為？」亟召白，則白已臥於酒肆，酩酊大醉，召入後，以水灑面，白果醒來，頓首回奏，寧王賜臣巵酒，現在醉飲，難免有失儀態，倘蒙宥臣失態，讓臣寬除衣靴，當勉獻薄技，藉博君王歡喜，玄宗准奏，特命內臣攙扶，磨墨展紙，高力士為白脫靴，正即此時，白見文房四寶俱在，作清平調三章，一揮而成，帝攬詞稱美，命龜年按詞而歌，貴妃再拜稱謝。天子謂，莫謝朕，可謝學士，貴妃持七寶杯，親酌西涼葡萄酒，命宮女賜白飲，自此宮中內宴每召白至。

高力士為玄宗近侍，素有矜貴，今為李白脫靴，深為恥恨，每思有所報復，洩此怨恨，始有高伺機，揭貴妃隱私，嫁禍李白之事，容在其二篇中，加以縷述。先談高力士何以受命為李白脫靴。原來，李白入京遇到賀知章時，適逢科考之前，賀勸李參加考試，博取功名，對白說道：今春南省試官楊國忠、監視官高力士，俱各愛財，如無金銀囑託，必不能得志。此二人與我相識，我替你寫封書信，拜託他兩人照顧，進場後面投，或可看我薄面。二人看賀書信，冷笑對談，賀內翰欠李白多少金銀，卻寫空書來討人情，白入場後文思敏捷，首先繳卷，楊國忠見是李白試卷，亂筆加叉說，這樣的書生，只好給我磨墨，高力士在一旁，接口說，只好給我脫靴，喝令將李白推了出去。這才使李白，淡泊科名，再也不去參加考試，立誓要讓楊國忠磨墨，高力士脫靴，方解心頭之恨，有此機會乞玄宗允令高力士脫靴，正緣於此。

《碧雞漫志》云：明皇宣白進清平調，乃是令白于清平調製詞。蓋古樂取聲律高下，合為三調，曰：請調、平調及側調，明皇止令就擇上兩調，不樂側調故也。白連續進此清、平合調三音，正是拚足全力，發揮才華來討好皇上及妃子，自成章法，獨出一路，卻也因此激怨於貴妃，刻意地遭到高力士陷害。俗話說：「小人小人，到處咬人。」可畏也乎！

《唐詩三百首詳析》稱：第一首即本篇，以芍藥比妃子之美豔，詠花即是詠妃子，詠妃子即是詠花，將花與妃子融合為一，不易分拆開來。首句詠妃子衣飾容貌，與花作比，二句詠芍藥受春風露華而盛開，亦猶妃子受君王愛憐而受寵，下二句側重妃子，以仙女比擬妃子，揭力譽揚，雙起單承，妃子、芍藥、妃子，慧心獨具，所以受重。

《穆天子傳》云：群玉山乃西王母所居，此山多玉，因以為名，而瑤臺也是仙女之居，以美玉為臺，無非盛譽妃子之身居、享受，皆似仙境，恭維一番的。

稗史指出，李太白年少時，就有吟詩天分，有一天到山邊牧牛，驀見有人舉火不慎，引起山林大火，州官聞報，立刻督率眾多衙役，汲水救火。一時興起，便大聲叫嚷，大夥齊心合力，撲滅火害，回衙有賞，役夫們聽說有賞，加倍出力，不久火被撲滅，州官十分高興，回衙途中，口詠道：野火燒山後，人歸火不盡。再想繼續吟，卻沒法接下去，太白倚在牛旁，接口道：餤隨紅日遠，煙逐暮雲飛。弄得州官臉上無光，救火賞金也沒了，故事因此流傳。

57.清平調（其二）

李白

一枝紅豔露凝香，雲雨巫山枉斷腸；
借問漢宮誰得似，可憐飛燕倚新妝。

《漢書・外戚傳》：孝成趙皇后，本長安宮人，屬陽阿主家，學歌舞號飛燕，成帝嘗微行，過陽阿主家作樂，上見飛燕而悅之，召入宮，後為皇后。

《中國人名大辭典》載：趙飛燕，漢成陽侯趙臨之女，初學歌舞，以體輕號曰飛燕，成帝悅之，召入宮為婕妤，許后廢，立為后，與其妹昭陽，日事蠱惑，致帝無嗣暴崩，及哀帝崩，廢為庶人，自殺。

《唐詩三百首詳析》稱：本篇是清平調第二首，用襯托法，首句詠花受春露，以襯妃子之得君寵，二句以雲雨巫山的虛妄，以襯妃子的沐實惠。三四句以飛燕徒靠新妝專寵，襯妃子的天然國色，用「可憐」作結，揚中有抑。

但卻有論者指出：白拿飛燕和貴妃相比，實在是大大恭維。由於妃子新裝，楚楚可憐，將來一定會像趙飛燕一樣，從妃子身份，轉立為皇后的。

然而，高力士對替李白的脫靴，深感奇恥大辱，縈縈於懷，思有所報復。是以當貴妃重吟清平調，倚欄太息時，高力士乘隙奏道：奴婢意以娘娘聞白此調，必然切齒，恨之入骨，何來嘆賞？貴妃詢問緣由，指「可憐飛燕倚新妝」，對娘娘有太多侮辱和暗示，一是飛燕出身低賤，成帝欲封為婕妤時，以身家太賤，曾遭到太后力阻。俟後乃得如願，分明譏諷娘娘過去的出身，二是飛燕受成帝寵愛之餘，尚與赤鳳相通，適逢成帝駕幸，見飛燕有倉皇之色，由隨侍宦官，於衣櫃內搜出赤鳳，加以撲殺，有此二項不稱比喻，還求娘娘三思。其實，當時貴妃與安祿山打得火熱，高力士瞧在眼裡，提出暗示，揭露辛祕，加上貴妃原是明皇兒子的王妃，如今以壽王妃一變而成皇上的貴妃，深知世上譏評，貴妃豈不曉？如今一旦被力士揭開瘡疤，哪有不恨之切骨的道理，是以天子數欲用白，每為妃所阻，指白無人臣之禮，帝見妃不樂，遂不再召白內宴，亦不留宿殿中，白知為力士所傷，屢屢求去，終於被放還。

論者指白之絕詩出神入化。清平調三章，是蒙玄宗宣召面呈的即作，太白感恩玄宗知遇，抖露才華特別賣力。稱得上是他一生的得意之作，神品中的神品。

蕭士贇對本篇中，認用「可憐飛燕倚新妝」來激怒貴妃，乃是高力士的不學無術。

其實第二句，雲雨巫山枉斷腸更加狠毒。高唐賦中談道，神女常侍候先王，後來又與襄王發生關係，詩中的「枉斷腸」，其實是在思念明皇兒子壽王，因為她正是原來的壽王妃。李白本想藉此提醒玄宗的懸崖勒馬，幸而高力士沒有蕭士贇這麼會鑽牛角尖，否則如果激怒明皇，丟掉性命也未可知。平心而論，無論蕭士贇和高力士如何地自圓其說，如果唐玄宗和楊貴妃，都能夠持身謹嚴，就無法予人口實，所謂咎由自取，一點也不錯。

《唐詩記事》曰：高力士以脫靴之恥，譖白於貴妃曰，以飛燕指妃子，是賤之甚也，不為親近所容，乃益放驁，為酒八仙人，懇求還山，潯陽紫極宮〈感秋〉作云：

何處聞秋聲，修修北窗竹，迴薄萬古心，攬之不盈掬。
靜坐觀眾妙，浩然媚幽燭，白雲南山來，就我簷下宿。
嬾從唐生決，羞訪季主卜，四十九年非，一往不可復。
野情轉蕭散，世道有翻復，陶令歸去來，田家酒應熟。

是時，自有歸山之意矣！天寶三年，李白被優詔放歸，回到山東任城故居，和妻子兒女，共享天倫之樂，然而，他是位不甘寂寞的人，回到東都洛陽時，正好遇到試進士未及第的杜甫，兩人彼此早有仰慕，祇是杜年少，才三十三歲，沒沒無名，而李已位至供奉翰林，俗稱內翰，年已四十四，較杜的各項條件都高，但李卻不介意，和杜甫杯酒論交，十分相得。其實，李覺得呆在洛陽，意趣不高，準備回齊魯，邀杜同行，杜正好利用這個機會，做免費隨行。行前杜甫詩興大發，有〈贈李白〉詩云：

二年客東都，所歷厭機巧。野人對腥羶，蔬食常不飽。
豈無青精飯，使我顏色好。若乏大藥資，山林跡如掃。
李侯金閨彥，脫身事幽討。亦有梁宋遊，方期拾瑤草。

李、杜二人相聚同遊，大約有一年多的時間，天寶四年秋，杜才依依惜別，而李白則繼續他自己的飄蕩遊程。直到天寶十五年，貴妃及楊國忠死，高力士流落，太白依然故我，人之際遇和落差，如此劇變，何可逆料，惟有付之慨歎而已！

58.清平調（其三）

李白

名花傾國兩相歡，常得君王帶笑看；
解識春風無限恨，沈香亭北倚闌干。

《唐詩三百首詳析》稱：本篇是第三章，首句總承前二章芍藥與妃子，二句承上句歸重到君王，深得立言之體。三四句轉到君王在沉香亭，對妃子賞名花之情懷，「恨」者，恨春風吹拂之不常；恨名花有零落日；美人有遲暮時，用意非常深刻，不易猜解。

論家指出，談到詩中文字的修辭與安排，李之清平調三章，第一章是寫貴妃的美，所以開頭用隱約的意象，引出話題，詮釋貴妃的美豔，第二句便說她的豐姿神采，三四兩句，更為她的身價增華。第二章由春風拂檻露華濃牽出花來，末了再以趙飛燕來比花；第三章將名花和美人，相提並論，再引到唐明皇，最後以說花、說人的雙關語法，回應到第一章第二句中的「拂檻」，使三章聯成一氣，有章法、有脈絡，充分發揮了文字寫作技巧，被公認為難得一見之作，就當之無愧了！此與《唐詩三百首詳析》所稱，大同小異，距離不大，祇此為一氣呵成，不若詳析分析之細緻，如此而已！

唐仲言則別有解，認李此〈清平調〉三章，首章是敘玄宗，沒有得到楊貴妃時，精神上無所寄託，次章是敘述玄宗既得貴妃後，躊躇滿志的得意。末章敘楊貴妃的工愁善媚，玄宗為她神魂顛倒之情，不知唐何所據而作此論，倒也虧他想得出來。

《唐代詩學》書中，曾扼要分析李之寫作背景，認為唐代是我國文學黃金時代，詩則是當時文學精華，李詩精深博大，欲識其真相，談何容易，李生長於四川，流連湖北一帶，位居長江流域，詩之內涵，多具我國南方的浪漫主義色彩。思想上受道家影響甚深，其一生遭遇，轗軻不能兼善天下，被逼到有出世思想，乃由於不忘世間苦痛所致，此與古之屈原、阮籍，何以異乎！

常人以李才高，可以摧毀前人體裁，惟李以天才發揮於古人形體中，格外求新路，而別具其天才之特點，為常人所不及。自武則天以來，復古之風甚熾，陳子昂、張九齡、孟浩然等均為健將，李當此風之下，仍極端擁護，其所得於齊梁甚深。孟肇本事詩載李云：「梁陳以來，豔薄斯極，沈休文又尚聲律，將復古道，非我而誰。」又言「吾五言不如四言，七言又其靡也。」惟李七言最勝，而四言反淺，此可以其存詩形體看之。故詩居十分之九以上，律詩不及十分之一，五律尚有七十餘首，七律僅十首，而內中且有鳳凰臺、鸚鵡洲，一首僅六句。自沈約有聲病之說，作詩偏重外表，太白不滿意此種趨向，而復建安故體，故曰：自從建安來，綺麗不足徵。白古體之來源甚多，恐自來學古體無出其右。李學古人，可得言者有三，一曰五古；二曰七古；三曰樂府。

白五古來源有二：慷慨悲歌者，出於劉楨、阮籍；描寫山水者，則出於謝朓，七古學鮑照，樂府多學魏、晉，惟魏、晉人作詩，多不能變化。如陶淵明，阮籍，祇精單筆，顏延之、謝靈運頗長於複筆，然不如白能變化，七古多用單筆，五古則喜用複筆。統覽白詩復古，以建安為主，自來知其最深者，以李陽冰為獨到，其辭曰：「至今朝詩體，尚有梁、陳宮掖之風，至公大變，掃地併盡。」詩學中，如此仔細推敲議論，乃至例舉，實緣於日人及西方人士。根據以往文學情形，博採眾議之敘，書中指出，尤以日人笹川種郎所著《支那文學史》極主此說，信而有徵。

綜觀三百首詳析，及論家所指，亦不過得其皮毛而奢言之，自以為是創見，或獨得之秘，已屬譖妄。而唐仲言則大言不慚，彷彿為李代言，信口胡謅，未免使人齒冷，質之高明，以為然否？

唐代詩家之作，咸推李白、杜甫為巨擘，此二子，皆無進士之出身。李較豪放，杜主平健，縱李的一生，年輕時已名滿朝野，死後則成一代宗師，歷代以還，贊譽的詩文評述，不絕如縷。但管窺以明・方孝孺〈弔李白〉，最為客觀，受到激賞，詩云：

詩成不管鬼神泣，筆下自有煙雲飛。
丈夫襟懷真磊落，將口談天日月薄。
泰山高兮高可夷，滄海深兮深可涸。
惟有李白，
天才奪造化，世人孰得窺其作。
我言李白古無變，至今采石生輝光。

59. 出塞

王之渙

黃河遠上白雲間，一片孤城萬仞山；
羌笛何須怨楊柳，春風不度玉門關。

〈集異記〉載：王之渙、高適、王昌齡三人，同去酒樓小飲，恰逢到十數飲客，隨同歌伎，正據座樂飲，三人本想離去，別找一家，繼而彼此商量，歌伎們前來，必然會唱樂府曲助興，我們都曾有曲流傳在外，何不坐下來，聽她們唱是何曲，正可以比劃一下彼此高下，何必另找。既然大夥同意，酒菜上桌，不料就聽到「寒雨連江夜入吳」的彈唱聲，昌齡欣然舉杯，說有佔了，一飲而盡。接著傳來「開篋淚霑臆」歌聲，高適也說，不客氣，我也要飲一杯了！緊接著又聞「奉帚平明金殿開」的歌唱，此時昌齡志得意滿地說，怎麼好意思，連飲續杯，此時急得之渙眼紅心跳，站起身來，指著鄰座上最漂亮的一位妞兒說：如果此姝唱的，不是我的詩件，情願甘拜下風，終身再也不敢和你們爭勝。話語方落，此伎正開口唱出「黃河遠上白雲間」歌辭，喜得之渙狂吼亂叫，說：莊稼老們，聽到沒有，鼓掌大樂，驚動鄰座走來問訊，這才知道三位皆是鼎鼎大名的作家，歌伎們尤其開懷，不圖在無意中，見到一向嚮往的人物，索興將酒筵併合成一起，共同敘樂，直到紅日西沉，這才盡興分別告辭返去。

由於集異記的此項記敘，不久流傳開來，因此使之渙此作，聲名大噪，成了熱門樂曲。平心而論，本篇中只寫：高山、大河、白雲、孤城，並未道出邊塞的荒涼淒苦，和出征家屬們的辛酸，卻能在後兩句中烘托而出，既無火藥味，亦不見哀怨之辭，一切盡於意會中流露，是以明清以來論家所推舉唐人七絕壓卷之作十一首中，並未遺漏本篇，受後世人的激賞，又豈是倖致？值得一提的，詩中「羌笛何須怨楊柳」句，所指的楊柳實非樹木，乃是樂府辭中的〈折楊柳〉，用笛子吹奏；羌人習用此樂器，然後始傳至中原及內地一帶，習稱羌笛不忘其始也。

〈折楊柳〉乃樂府古辭，橫吹曲，新聲二十八解之一，後漢和帝時，其將萬人得自胡人處，李延年據以改寫為軍樂，於馬上演奏，臨陣戰時用來激勵士氣、軍心者。

橫吹曲和梁鼓角中，都有〈折楊柳〉歌辭，梁鼓角橫吹曲中，敘述慕容垂和姚泓的戰陣事實，據以成曲，不但屬於征戰實錄，在今日言之，亦深具歷史價值，而當時征戰之殘酷及家屬歌離送別，與出征親人的難捨難分，一洩於曲中，令人忍酸不禁。

樂府古辭考書中指出：自漢、唐以來，邊關多故，征討伐戮時有所聞，由此，類似折揚柳等軍樂之興，不絕如縷，聲名大噪，為證實此說，茲將古辭中，現存〈折楊柳〉五曲，轉錄於次，作為參考。

其一

上馬不捉鞭，反折楊柳枝。蹀座吹長笛，愁煞行客兒。

其二

腹中愁不樂，願作郎馬鞭。出入環郎背，蹀座郎膝邊。

其三

放馬兩泉澤，忘不著連羈。擔鞍逐馬走，何得見馬騎。

其四

遙看孟津河，楊柳鬱婆娑。我是虜家兒，不解漢兒歌。

其五

健兒須快馬，快馬須健兒，蹀跋黃塵下，然後別雄雌。

相傳，有人抄錄此詩時，不慎將首句的末一「間」字遺漏，此人將錯就錯，字句重組，為詞云：

黃河遠上，白雲一片，孤城萬仞山，羌笛何須怨？楊柳、春風，不度玉門關。

儼然形成短歌行，音韻鏗鏘，而原韻不失，不愧是位改作高手，一時傳為佳話。

然而，更荒唐的，清時左宗棠奉派出師西征，在天山南北，及新疆一帶，屯駐重兵。為了隔阻大漠間，沙塵暴的侵襲，便展開植樹作業，一以藉此改善地質，增加土壤含水量，又可以使駐軍有所作業，一舉數得，美化環境之餘，有三千餘里，連綿不斷的柳蔭。此舉受到全國上下，一致的贊賞，他的隨軍文案助手楊昌渭，替主子撐腰，將本篇中的楊柳一詞，硬指是實際栽植的楊柳，改詠成：

大將西征人未還，湖湘子弟滿天山；
手栽楊柳三千里，引得春風度玉關。

這一反調之詠，一時關內盛傳，使左之功業，得以進一步揚顯，而左也不負楊之巧慮，薦舉他做到陝甘總督，加太子少保，彼此皆大歡喜。

60. 金縷衣

杜秋娘

> 勸君莫惜金縷衣，勸君惜取少年時；
> 花開堪折直須折，莫待無花空折枝。

《說文》：縷，線也。依題會意，金縷衣則係用金線編織而成的衣衫，歌舞時穿著，光華燦爛，增添美境。衫既以金線成之，豪貴可知，價值連城，不易得見也。

本篇題為杜秋娘所作，乃「三百首選」七絕壓尾篇，傳係孫洙的堅持。蓋在樂府中屬近代曲辭，杜牧云，李錡長唱金縷衣辭，故樂府詩集題為李錡作。全唐詩則屬無名氏。總以孫洙既與其妻徐蘭英相互商榷成選，用杜秋娘以殿。此不啻為男尊女卑之藩籬，有所突破也。杜牧的〈杜秋娘〉詩，詩前的並序云：

杜秋，金陵女也，年十五為李錡妾，後錡叛滅，籍之入宮，有寵於景陵，穆宗即位，命秋為皇子傅姆，皇子壯，封漳王，鄭注用事誣丞欲去己者，指王為根，王被罪廢削，秋因賜歸故鄉，予過金陵感其窮且老，為之賦詩。

詩為五言古，凡一百十二句，都五百六十字，過長，故無轉錄，惟詩中有句：秋持玉斝飲，與唱金縷衣。但並未指此為杜秋或李錡所作，反而是全唐詩屬無名氏，似較為合理，因指作者誰何無可考據故也。

《太平廣記》對李錡的悲涼遭遇，有較明顯列敘云：李錡本是唐朝宗室，頗有權勢，奉養則窮奢極靡。府中歌伎、舞女如雲。其中要以：杜秋娘及鄭娘，尤其受到恩寵。後來有人告發，說李錡存心造反，背叛朝廷，依法查抄，府中男子，被發配充軍到邊疆，女眷便入宮為奴。李錡押下天牢，當僅有秋娘一人隨侍，半夜裡，李錡悄悄地，撕下內著的白衫衣襟，蘸血書寫冤情，指被張子所出賣，寫好後對秋娘說：我自知不免一死，我死後爾必入宮，皇上如果問你，可將此血書替我呈上。李錡死後京城裡接連三天大霧不開，又聽到鬼哭，皇上不免心中懸疑，加上秋娘呈上血書，皇上特下詔命京兆尹，料理埋葬李錡，來緩和撞擊。自此自然對秋娘的冒死呈血書，行徑仗義，加深了印象，遂命其為皇子壯傅姆，彷彿是對這份義行的鼓勵和回報。秋娘從此再次獲得了安定的美滿生活。祇是好景不常，太和中，鄭注當國，誣指已封為漳王的皇子壯，干預朝政，受到黜廢，漳王既廢，秋娘也同時遭到放逐。回返金陵舊居，生活無著十分淒苦。這也正是杜牧過金陵時，目睹此無妄之災，為秋娘抱屈，賦杜秋娘詩的背景。秋娘反而因之得以名垂千古，可謂不幸中的大幸了！

回過頭來，再談和杜秋娘一同為李錡眷顧的鄭娘，自李錡事發受死，鄭與杜一併收入宮中，鄭為憲宗恩幸，收為妃子，生了一個男孩，取名李忱。繼穆宗、敬宗、文宗後為皇，廟號宣宗，頗出人意表，鄭娘則母以子貴，被尊為母后或太后，受封成孝明皇太后，享盡後半生的榮華富貴，可謂得天獨厚，不過從歷史觀點說，倘無人提此，知鄭娘的人已不多。反而是杜秋娘因本篇，使後世知有其人其事，亦足慰生平了！

從本篇內容來談：首句指金縷衣，豪華奢侈，十分名貴，但也有破、舊之時，何須可「惜」。次句注入另一課題，轉而勉勗唱者、歌者、舞者，必須珍「惜」青春華年，切實掌握，三、四句則是用花來比喻，花開時正須折取下來，留作欣賞，不要讓花在枝頭枯萎。再想去折取，已無及矣！乍看起來，不免有些「自相矛盾」，我仔細參詳，卻見本篇有兩點突出處：

一、本篇造句、用字，多用「重詞」及「重字」，此何異乎：崔顥、黃鶴樓；賈島、渡桑乾及李商隱、夜雨寄北等諸篇，似猶有過之。

二、本篇乃是歌舞時唱奏而發，歡樂要及時，正是三、四句所詠。然而，卻不可執迷於聲色而不省，特於前二句中，加以警示者。如此自我調適，似可「牽強人意」，但終歸是「強詞奪理」，稍嫌偏頗耳！

此則摘錄李賀、〈南園七絕〉作為餘韻，藉作少年朋友之勉勗，詩云：

男兒何不帶吳鉤，　收取關山五十州；
諸君暫上凌煙閣，　若箇書生萬戶侯。

沈德潛《唐詩別裁》注云：如文洛公之破貝州，王文成之擒宸濠、平八寨，何不可萬戶侯耶。

按，吳鉤為彎形之刀的稱名，古際男兒配帶身側，作為裝飾品，多用銀打造而成。

唐詩七絕故事瑣談 ／ 陸家驥著. -- 初版. --
臺北市：臺灣商務，2004[民 93]
面： 公分.

ISBN 957-05-1874-X（平裝）

831.4 93007961

唐詩七絕故事瑣談

定價新臺幣 300 元

著 作 者 陸 家 驥
責任編輯 葉幗英
校 對 者 楊福臨 董倩瑜
美術設計 江美芳
發 行 人 王 學 哲
出 版 者
印 刷 所 臺灣商務印書館股份有限公司
臺北市 10036 重慶南路 1 段 37 號
電話：(02)23116118 · 23115538
傳眞：(02)23710274 · 23701091
讀者服務專線：0800056196
E-mail：cptw@ms12.hinet.net
網址：www.commercialpress.com.tw
郵政劃撥：0000165 — 1 號
出版事業登記證：局版北市業字第 993 號

· 2004 年 8 月初版第一次印刷

ISBN 957-05-1874-X（平裝） 00424010

廣 告 回 信
台灣北區郵政管理局登記證
第 6 5 4 0 號

100臺北市重慶南路一段37號

臺灣商務印書館　收

對摺寄回，謝謝！

讀者回函卡

感謝您對本館的支持，為加強對您的服務，請填妥此卡，免付郵資寄回，可隨時收到本館最新出版訊息，及享受各種優惠。

姓名：________________________ 性別：□男 □女

出生日期： ____年____月____日

職業：□學生 □公務（含軍警） □家管 □服務 □金融 □製造

□資訊 □大眾傳播 □自由業 □農漁牧 □退休 □其他

學歷：□高中以下（含高中） □大專 □研究所（含以上）

地址：□□□____________________________________

____

電話：（H）________________（O）________________

E-mail: ____________________________________

購買書名：____________________________________

您從何處得知本書？

□書店 □報紙廣告 □報紙專欄 □雜誌廣告 □DM廣告

□傳單 □親友介紹 □電視廣播 □其他

您對本書的意見？（A/滿意 B/尚可 C/需改進）

內容______ 編輯______ 校對______ 翻譯______

封面設計______ 價格______ 其他______________

您的建議：____________________________________

____

____

臺灣商務印書館

台北市重慶南路一段三十七號 電話：（02）23116118・23115538

讀者服務專線：0800056196 傳真：（02）23710274・23701091

郵撥：0000165-1號 E-mail：cptw@ms12.hinet.net

網址：www.commercialpress.com.tw